2024 年 春 之 卷

诗收获

雷平阳 李少君 主编

长江文艺出版社

诗收获

编 委 会

卷 首 语

　　1886年至1888年，一支探险队从湄公河入海口——越南美拖——出发，溯流而上，意欲拨开笼罩在澜沧江·湄公河两岸的重重迷雾，尽快让这条东方大河产生欧洲与中国西南进行水上贸易的崭新记忆。探险队22名成员中有画家、作家、贸易官员，他们一路北上，过版纳、普洱、玉溪，抵达昆明后，又探访了大理、东川、昭通诸地，最终从昭通进入扬子江，从上海离开中国。作为画家的路易·德拉波特沿途绘制了180多幅铜版画，内容涉及城邦、集市、村落、河山、风物、人群等"稀罕"之象，神奇的文献性和艺术性使之成为这条大河之于人类的最早的精神遗产之一。我的诗集《出云南记》精装版出版时，经我建议，出版社所设计的封面就采用了路易·德拉波特所画的老鸦滩绝壁画，那绝壁即现云南盐津县县城所在地旁边的吊钟崖——在那崖底，我曾工作、生活过五年，亦曾多次酒后，唱着崔健的《一无所有》，纵身跃入崖底的大河，跟着波涛向着四川方向漂泊。探险队队员加内，后来曾写下一本至今没有被翻译成汉语的书，名叫《加内报告》，内容大抵上也是沿途所见、所思的记录。一个阅读过此书的翻译家朋友告诉我，此书记录的昆明见闻，有一个细节非常有意思——探险队去拜访一位大军阀，此公平时喜欢搜罗名家书法——装裱了挂满偌大的第府。但他们发现，这些书法作品上布满了弹洞，经问询，才知道军阀之所以高悬书法作品，是因为他喜欢在家中练习射击，一枪一个字，自习或常在家宴上表演，常常引得家人、部下和友人一阵阵惊呼。

雷平阳

2024 年 3 月，昆明

诗收获

2024 年 春之卷

目录

《北上太行之2》
闫志伟　绘

季度诗人

唯我论者的世界

/ 亦来

　　亦来，原名曾巍，1976 年出生于湖北枝江，现居武汉。比较文学与世界文学博士。编审，华中师范大学文学院硕士生导师。1995 年开始诗歌创作。曾受荷兰阿姆斯特丹诗歌与实验中心、中美诗歌诗学协会邀请赴荷兰阿姆斯特丹、美国洛杉矶朗诵，有诗歌译介到美国、法国、荷兰与阿根廷。2017—2018 年获国家留学基金委全额资助赴美国宾夕法尼亚大学访学。著有《亦来诗选》《西尔维娅·普拉斯诗歌批评本》。

鸟鸣新年

我听出那是些鸟鸣。而昨夜的，
或者说去年的雨水
已杳无声息。好吧，是时候告别
安静的早晨，告别只有一种声音的早晨
是时候为这些鸟儿掀开窗子，
让它们的啼鸣刺破冬眠，
将空气啄成漏斗、漩涡和蜂巢的形状。

而屋檐并没有看见它们。没有了
积雪的压迫，它长高了一寸，
攒尖处的翘起，犹如翅膀。
草坪也没有看见它们。依然堆满
落叶，一俟有风吹过，它也
扬起翅膀，露出新羽一般的绿。

最高的橡树，有最大的翅膀，
最密的赤松，有最多的翅膀。
它们比我更早听到了鸟鸣，虽然
也还没有看见。

山峦有鹰的翅膀。云朵有天鹅翅膀。
秒针轻轻拨着蜂鸟的翅膀。
我听到确凿的鸟鸣，向那黎明的合唱
展翅飞去——

取水少年

除了水，你并没有看见什么。
你看见的一切都会消失，除了水。

但依然有一个瞬间，你会距离美
那么近，你会想用手中的陶罐
把星星的珠串舀起来，把水仙金簪
和睡莲玉镯全部捧回去。
在这个瞬间，水愿意给你它的所有。
它照亮你，仿佛你就是那个
被神选中的人。仿佛全世界都爱
你的青春。而你需要时间去爱全世界，
哪怕走入水中，敲碎你的陶罐，
从另一个地方湿漉漉地孤身上岸。
除了这个瞬间，你并没有拥有什么。
你在黑暗中消失的瞬间，
还将卷走你曾拥有的这一瞬间。

考古学家的梦境

他在梦里用双手挖着大海，
海水甩在沙滩上，像蓝色凝乳。

殷红的珊瑚礁露出来，血痕
随处可见，但那并非数千年前的古战场。

鱼群在撤退：它们扔下一些鳞甲，
或者扔下整副骨架，每一副
都是被飓风卷走的船只的残骸。

只有在自己巨大的影子里，
他才能看清贝丘上的楔形文字
指引他进入从未到过的废墟：

他腿部的圆柱，支撑着随肠胃蠕动
而摇晃的腰腹的神庙；在他的双肺之间

角楼吐出浓烟，熏黑了大理石头像……

在他的背后，镀金的大海正吞没城市
藤壶在钢铁上烙下箭镞的火焰。

他隐约听到有声音唤他回去：快丢下
这具身体，在时间的海啸再次掀起之前。

旋转木马

木马会说谎。它们让一座城
服下海水，相信自己是盐做的
海市蜃楼。它们应该待在废墟里，
蹄铁和鞍鞯，变作隐翅虫的游乐场。

木马会隐身。捉迷藏的好手，
用晨光复制影子，投到跷跷板
系着缰绳的鬃背上。其实它们在
荡秋千，以风的速度来回画着虚线。

木马会致幻。像一架又一架
刷着油漆广告的无人机，寻找
饮料罐子，往薯片上抹罂粟花蜜。
世界是万花筒。关不住的春色摇漾。

但这里还是有排着队的人山人海：
孩子们攥着气球，雀跃着哼唱
圣诞之歌；情侣互相依偎，跺脚等待
爱情随风飘的时刻；老人颤巍巍地
往前挪步，小心避开地上的残雪。

木马知道他们想要什么。木马绘上

节日的彩妆，眼角挂着海马的微笑。

木马驮着人类，像地球一样旋转不停。

维兹卡亚花园的新娘照

一只白鹭，立在绿潭的边沿，
脖子，绕开槲树和黑松的茸茸殷勤，
迎向黄昏斜斜投来的光柱。

兰花，抖开雪白的纱。
落日在它的花葶上微颤，梳理
慢慢合拢，慢慢垂向地面的羽毛。

不愿惊扰，不敢呼吸——
碧绿的潭水快速画出完整的白鹭，
画出她的幽香，以及细长的红喙

轻轻叼着的忧伤。
这样一个瞬间，被水翻转过来，
被它贪心地拖向底部，擦亮鲤鱼之鳞。

在背景中的宅院里，游人如苍鹭乱飞——
一个家族留下了旧时代的家具，
还有挂在墙上的泛黄合影。

而花园，依旧如船只面朝大海。
有只黄鬃狮蜥，从断桥爬向波浪：
琥珀融化，尾随泡沫中滚动的橄榄。

月球观察杂谈

桂花树，在聚焦中耸立成环形山。
这是亲近陡然反弹起来的敌意：
金黄果皮渗出晶体状的层层毒霜。
就像这时，她撩开云纱召唤你
打开一坛酒，香雾耽荡于空心的洞——
你要知道美的肉体，凹坑更多更遮蔽，
而时间，要么是子弹的光，
要么是光的子弹。
但你只被允许，将一颗眼珠压进
望远镜枪膛，猎物不允许想象成尤物，
科学不允许抽象成形而上学。
在最后递过来的纸上，你只可能
对着准星画下近似的圆，
并用散点在平面击打出它的粗糙。
如果你还留有大片空白——
那意味着高悬的神秘，还是低回的拒绝？

那些年

我见识过大海，
风暴的珠贝吐出繁星。

我曾目睹落日多么贪恋黄金帝国，
贪恋缠在天际的红袖。

我慕名访过一些城镇，
建在冰川或断崖上。

我也误闯某个无名港口，

商人以鸡粪交易血色玳瑁。

我在壁画上看到群鸟来袭：
它们像暗箭，像狂暴空气的拳脚。

我在预言中读到众声喧哗：
真理之虹，用针线授粉。

我久久盯着水晶球发愣，
圆环与圆环之间紧绷着杠杆的忍耐。

我转而求助万花筒，
它教会我遗忘，和醉生梦死。

我患上过令人羞愧的疾病，
那是由恐惧传染的。

我在顽疾退潮后与群芳欢宴，
迷迭香、郁金香与丁香。

我辜负过好女人的爱情，
她的美貌虚掷予美德。

我听任于坏脾气的赌注，
骰子滚滚向前，拖着那些年的沙砾。

勋章菊的黄昏

我知道在此之后，你会扔给我
一团乌黑蓬松的仲夏夜
蟋蟀抠出嗓子里的碎玻璃，
螟蛉战栗，蜘蛛编织成捆怨气。

月亮猫在野外的林子里

一张冷弓，挂着沉甸甸的箭袋。

我该如何护住你施舍给我的

第一道疤痕

在你将我选中、将我烫伤，又将我遗弃之后？

但还会有人逼我交出你的刺青，

会有人在我的根茎里

搜捕向上的梯级，从我的花柱掸下

蝴蝶的邮戳和你的地址。

我曾经炫耀过对你的占有。

我胆敢与虚空为敌

那是我侧身其中的世界的假面啊

再没有奖赏像金粉授予我

再没有丝线在花瓣边缘绣出你的形象。

你看急匆匆的月亮，正沿着田埂

收割萤火的明明灭灭。

唯我论者的世界

我有过一个球形的世界，

可惜多年前和玩具一起扔掉了。

你曾用双手捧给我平整的世界，

但在崎岖起伏的山川里我们走失了。

后来我用双脚尝试草绘世界，

吹嘘过一些传奇，藏起了更多心事……

那些迎面闯进世界的人啊，他们

离开记忆时如融入大海的糖果。

在我说话的地方，尘土纵声喧哗；
当我决定隐身，空巢幻影般战栗。

只有我可以敲碎这个世界，
敲出更辽远的天空，敲落无数雨水。

我看到整个世界在下雨，星星
滴下来，天幕上满是潮湿的井眼。

我的四周，升起阵阵烟雾。
没有它们，我将滑入世界的深渊。

冬日的牵牛花

立冬过后，初夏种的牵牛花
就来到了弥留之际——

她枯黄的藤蔓上
还有缩作一团的叶子簌簌落下，
像蝉翼被风从梯子上吹走，
回到歌声飞翔的起点。

从泥土中，也许还有些微
环绕着梦田中心的意志
从暗道中升起，将一颗晶亮的泪珠
送往顶点——

沿着身体里那条蜿蜒的路：
一长段干涸的河床，苦难
斑驳的滩涂；两三处红颜旧址——

哦，爱情，红唇碰过的浅紫色酒杯。

必须把怕黑的萌芽
一寸一寸举起来，抵抗
回忆下坠的力，必须把命运的琴弦
虚弱而温柔地
交付给最高处的残绿——

纵然气若游丝
也要伸出失去血色的手，去够一够
那高贵的轻盈。

雏菊告白

如此露骨的表白，从清晨的窗台跃来
羞红晨曦，和云帐里迷离的眉梢

如此纤小的身体，弱不禁风的身体
对着天空燃起火苗，甚至不惜烫伤自己

必然有个不眠之夜。辗转起伏
一个清冷的夜被翻卷成狂热之夜

它从这夜的浓郁中挤出甜浆
在梦的隐秘边缘摩擦闪电的形象

爱过，低语过，也祈祷过。
即使根茎动摇过，锯齿状的叶子疼痛过

哭泣过，又在轻雾中梳洗过
破晓的时刻，接着是揭晓的时刻

如此直率的凝望：雏菊睁开眼睛
将那道躲让不及的光拽进来

如此泼辣的绽放：雏菊吐出芳心
让温暖的绣花针直刺进来

引火奴的罗曼史

我刚刚推开了一个人。从他的伞下
跑进楼道。电梯恰好落到我面前，
如同秘密组织早有安排的飞行器
在危急时刻接走它命悬一线的成员。

升向顶层的途中，我抖落外套上的
水珠。但镜子里的脸还是受潮了——
尚未消退的红晕，雾中的罂粟花
就以这种令人窒息的美来点染幻象。

回到寓所，慌乱的心终于冷静下来。
这是一间小盒子似的阁楼，推窗
就能看见江水翻腾和隔岸的焰火，
还有从街角走向影院的一对对情侣。

我羡慕过他们，又时常担忧散场时
不妙的结局。美丽的身体多么像
清香松木，擦划太容易留下刮痕
更不用说暗房里的暗算，突袭之火。

也许将手捧塑料花，趑进爱情废墟。
青春日记里，有无数个孤独夜晚
以一团漆黑遮盖零星火苗：那是
潦草的约会，和浅尝辄止的鸡尾酒。

总有发烫的墙壁，总有纷纷撒下的
盟誓的灰烬，困我于迷宫的曲径
直到避开人流逃向僻静，斜刺里
蹦出冷若冰霜的面孔，暗中截下我，

用一副冰凉手铐拴住了疲累的特工。
接下来的几个月是审问，月斜时
威严而温柔地开始。我在供词里
吐露了住所、身世，还有火的诀奥……

此刻他在风雨中呆立，伞扔在脚下。
刚才，这把伞挂在两根树丫之间
他腾出手伸进我的内衣，在背上
沿着脊柱摸索，好似在找一个按键。

在推开他之前有过一阵恍惚，那是
我燃烧的前兆。他应该后悔没有
攥紧我或者追上来，如果是那样
我就会放弃挣扎，将自己付之一炬。

回乡前夜的一个迷梦

这是个细节多么生动的故事啊。
家族史的一章，许许多多的人物
渐次出场，齐聚于欢宴，但唯独没有我。
在看过的电影里，有过类似的场景
和技法：先是全景镜头，俯瞰着
空间中的群像，然后有光柱投向局部，
音轨记录几个人交谈时的方言。
有时还会用到特写，让光影在某张脸上
停住，捕捉他非同常日的神采。

这个故事，有经过剪辑的痕迹，
闪回插入过孩童眼中宽阔的河流
和少年奔走过的，小镇上那条
狭长的路……时间是一粒
被踢来踢去的小石子，在歧迷的
换景中来回跳跃。欢宴中的人们啊
仿佛相约而至，领到超现实主义的
角色和台词，在我的梦里
那么热情地投入新鲜的生活剧。

梦醒之后，我就想把故事脚本
一口气写下来。回乡之后
我还想讲给我的亲人听，想让他们知道
竟然能展开如此不一样的岁月人生。
但就在这几年，几个老戏骨
遽然离世，包括我的父亲。
缺了他们，这部影片将留下
大段大段的空白。如果倒带回放，
只会让人心如刀绞。

冬　树

车窗里闪过一排排树，
寒冬赤裸的树。
裸树，是树的抽象形式，
是冥想的树向天籁倾倚的身姿。

枯枝败叶，果实无存
匆匆一瞥认不出都是些什么树。
凭着高矮、粗细、曲直
我们可以说

这一棵与那一棵种属不同，
风霜雨露，这一株与那一株
在不同时点承受过不同的悲欢。

这些迅疾倒向田埂倒向池塘的树
似乎要去和影子一起安息。
当我们回头去看，它们
又齐刷刷从泥土和水泊中立起
压根不拖泥带水。

沿途数不清有多少寒枝摇颤
将落日这只朱红的鸟，
从危巢抛往下一个危巢。
数不清有多少无名枯树退离蓝幕
无牵无挂，一身傲骨
扑扑飞出了我们的视线，

数也数不清的英拔的天使。

苦苣菜之歌

矮小的一丛，藏在江堤的石缝中：
叶掌皲裂，托着两个暗黄
花球；憔瘦的果荚有六七颗。
探头探脑的苦苣菜，莫非也知道
寒冬将尽，接下来的日子
兴许是有盼头的日子？

举目望去，滑入江底的斜坡
几乎寸草不生。曾经的芦苇地
只剩下焚烧后的黑茬，
还有一大片焦土。仿佛这里

刚结束硝烟弥漫的战役，
许多生命的灰烬被风扫进了江心。

如劫后余生的士兵，苦苣菜
钻出防空洞，朝天空挥舞
满是尘垢的迷彩。
欢乐与苦涩，兴奋与疲乏
一道涌上花喉。这细挑的茎管
能支撑多少沉沉时日？

眼下尚是枯水季节。青绿的江流
也在蓄精养锐。阳光在江面
划出园圃，播撒银色的种子——
三月，千树梨花将登陆对岸的沙洲。
那里也是苦苣的沃土，
是一茬茬乡亲扎根续命的地方。

睡莲之歌

仿佛随意地漂在水上，
仿佛没有根——池塘愿意给多少，
就去那儿铺开全部细软。

墨绿色的唱片，仿佛被涟漪
切走了一小扇，仿佛记忆随之
残缺——蜻蜓，雷霆的唱针
落到音轨，播放它的
《欢乐颂》，或《诸神的黄昏》。

仿佛再大的动静也能入睡，
仿佛睡得没日没夜——始终
一个睡姿：躺平，却又不沉沦。

水面上的哈欠，仿佛眼皮
被阵雨压住了，仿佛周围的困倦
向低处汇流——菖蒲拔出剑茎，
继续挥向渴慕的高度，
它的蓊郁配得上鞘里内卷的野心。

玛瑙红，宝石蓝，这些色彩
只可能出自印象派的迷梦。
或许水下的时间是弯曲的藤——
一端是黑暗，一端是吐绚的门。
它随时可能缩回去，随时
可将这秾丽的亮相拖回后台。

金丝桃的刺绣课

用你金色的丝线，绣黄蝶歇在指尖
绣光滑的翅膀和毛茸茸的触角。

用你的金线，绣爬上沙滩的海星
绣棘皮上的纹路和臂尾发光的眼睛。

用金线，绣蓬松而摇曳的火，
再绣薄灯笼纸，绣房檐上的琉璃凤凰。

绣个金丝雀儿，绣个多嘴的黄莺儿
左边绣烟霞，右边绣晕染的黄昏。

再绣柚子树、橙子树、橘子树
用轻细的线绣沉甸甸的东西。

用金线，绣夜市上的一盏盏灯，

直到绣出人间烟火，绣出人山与人海。

用你的金线，绣值得深描的过客
绣出良善和坚韧，以及难得的欢喜

用你金色的丝线，绣出这个世界
该有的样子。缝补后焕亮的样子。

梅林报春

如果寂静沉降为斜坡上的一种
景观，声音就无法遮掩它的假象。
那些低微的、屑细的，悄悄
汇聚于某个时刻，迟早会将沸点击穿！
闭上眼听！成千上万朵梅花
竞相吐蕊，从这急匆匆的窸窣里
可以想见它们的凛然、踊跃
与一往无前；可以想见紧抓树枝的
脚爪，奋力张嘴时喉咙里
肿胀的扁桃体。仿佛在同一情绪中
达成默契，孤独在稠密胶质中
迅速化为孤傲；仿佛萤虫
主动投身于集会，抱团取暖，
在交头接耳时传递着乌托邦的风。
共鸣与颤动，在斜坡上
搓出一片红纱。成群结队，梅花
压低嗓音。它们已无须动员，只等天空
给出信号，就会纷纷跳下枝头
与盛大而动荡的花期同归
于尽，给春天留下一片废墟
和从寂静中挤出的几声唏嘘。

残荷说

不要驱使微热的光刺探我的晚年，
池里的水快干了，要给就给一阵小雪。

不要在凝重的空气里问询境况与食谱，
我早已不奢求养尊处优的盆栽生活。

不要允诺越过远处的石桥就能看见
虹彩般的春色，过去我有一支朱毫，
能画华盖，和丹青缤翻的日月星辰。

不要高估我的高洁，不要低看
我的低顺。不要将出淤泥的身姿
斧削为一种风骨，或道德标杆。

不要安慰。不要致敬。不要赞美。

如果愿意，请在夜色中过来，坐到
你从未留心的，像一面鼓的树墩上。
如果让我说，你会听到惊心动魄
你会听到命运之手，怎样敲落
青春的花瓣，摘走盛年的果实，
会听到劲风疾雨，怎样在孑然一身
撞出疮孔和裂痕。会听到严苛的规律
如虫豸，怎样一点点啃噬枯梗
只给我剩下万箭穿心的账本……

我将结束变幻的一生，当耗尽气力
挺过杳无踪迹的数个时代。

银杏树的秋天

通往医院的下坡路旁，站着一排
身披黄色风衣的银杏树。
好像候诊的长队，只是挪不动脚。

眼看呼啸而来的救护车堵住
急诊室大门，忙碌的白鸟用轮椅
推出骨折的杨树枝和柳树枝。

槭树敷着石膏，椴树绑着绷带。
谢顶的梧桐摆弄着玩具球，
守在药房外等小窗递出杀虫剂。

发热门诊传来整齐的呼呼声。
萎靡不振的空心竹。风寒将棉签
戳到肺底，报告单印出喜阴的苔藓。

但这些银杏树，只在外面徘徊。
气色清爽，看上去并无大碍，
密层层的叶子引来多少艳羡目光。

均匀的呼吸里，突然有金黄的豹子
从草垛跳下，扑地掉进脉象，
溅起许多铜钱大小亮澄澄的月亮。

看上去只是轻度的季节忧郁症。
需要倾听者，走到膝下
听唇语讲述过去的青葱岁月，

听生命的传奇怎样陡转为悲剧：

好不容易积攒起来的，又全部
给出去，直到剥成一根枯木。

下坡路上的银杏树，在医院门口
裹足不前。仿佛接受了命运，
只待乍起寒风，遍洒一地金雨。

拾荒老太

她家里并不缺钱。至少不缺
每天捡垃圾换来的这点钱。
有时她一天捡来的，收购站老板
也瞧不上，只是怪声怪气地打发
她回去，说多攒点才方便结算。
小洋楼的一个隔间里，于是堆起
破破烂烂的东西：泛黄的书和报纸，
空酒瓶，空醋瓶，纸碗纸碟，
旧电池，旧灯泡，生锈的金属架子……
楼道里飘着酸腐的气味，
和院子里的栀子花分庭抗礼。
儿女们劝过多次，让她发展一下
如广场舞那样有益健康的爱好，
可她依然我行我素，每天天光未亮
就出门，一个不漏地
巡查马路边的绿桶和灰桶。
儿子终于板起脸数落了一通，
叫她不要将杂碎往家里搬；
儿媳同步将那些东西扔回垃圾桶，
小隔间也打扫得干净而清爽。
她低头承认了错误，发誓
再也不干这有失体面的事情。
后来半个月她就成天坐在大门口

晒太阳，眯着独眼，昏昏欲睡，
压根不搭理走近寒暄的邻居。
就连女儿煨的孝心鸡汤，也勾不起
半点食欲。她就像丢了魂似的，
凌乱的白发也懒得梳理。
一天清早她瞅准机会又溜出小巷，
随着滨江公园的汽笛一路疾走，
遇上垃圾桶就停下脚步，凑过去
掏出兴许值点小钱的玩意。
如果是快要高过肩膀的大桶，
她甚至弯腰够进去，那种投入状态
就像沉浸在知识海洋的学生，
扒拉出废品经济学的换算公式。
收购站的伙计再次看到这老太婆
兴冲冲趱来，将早已归好类的
包装纸和瓶瓶罐罐噼啪扔到台秤上。
那只放光的眼睛，紧盯计算器数字
丝毫没有注意到收到密报的儿子
此刻就在不远的街角，五味杂陈地
注视着她的如沐春风。
他们无奈地接受了八旬老母
姗姗来迟的叛逆期，
对出格和任性装作听之任之。
直到某个夜晚派出所找上门，
领着忘记回家路的老小孩找到
着急上火的监护人。她结结巴巴地
替失策辩解，说她尾随
一群揣可乐的少年，不小心跟到
高楼林立的新区，简直被
那片鼎沸吵蒙了。说完她又
不好意思地垂下头，咧嘴干笑几声
接着就拨开儿孙们的包围圈

拎上麻袋躲进隔间盘点战利品去也。

发　现

一年来的有些发现，经常让我
大吃一惊：日常生活中，父亲的
习惯性动作，在我的举止中重现。
比如运箸时先要把盘子里的食物
抄一抄，之后才夹起小片肉或蔬菜；
比如表示不耐烦或拒绝，都会使劲
摆摆手，哪怕还抓着什么物件，
让好言相劝的人心里空落落的。
这些曾经看不惯的，又不好意思
当面指出的小毛病，如今附于我身。
在自己身上，我还发现了父亲的
多虑和顽固，以及不入时的某些气质。
人们常说，看到远行者的寄存，
就仿佛他还在身边；但他们没有说，
他还可以在我们的身体之内。
这一年里，每次走进父亲的房间
我都会发现：除了日记和书信，
他的笔迹，还留下了有待发现的其他遗物。

雪　雁

没完没了的雪，将你围困在
地球另一端的小镇上。
暖风吹来已是三月，本地松鼠
呆坐橡枝，支棱着天线般的耳朵。

没有更多消息。除了云的履带，
默默传送大海的行李。

偶尔高空会有径直滑过的飞机，
显然注意不到地面偷窥的望远镜。

你时常从梦里醒来许久，才恍悟
守在门外的是黄昏而非清晨。
接着你摊开另一时区的书，
将生物钟又拨回紧绷绷的早高峰。

你曾经嘲笑过的乡愁，暗中
嘲笑你的低落。但或许另有
沮丧的缘由：与你有关的事情
每天仍在发生，但你却被推到外面

明明还在远方的名册上，但时差
将你拖到斗室的白墙牢牢按住。
地图上若有若无的一个黑点，
活动半径只有可以忽略的几微米。

所以你猛踩油门，驱车
朝平原纵深处插过去。一把犁刀
剖开大地之腹，割断河脉
在好远好远的加油站才平静下来。
回望锋刃过处，草木簌簌吐芽。
你还看到一群群白鸟和灰鸟
好像任务达成的修剪工，
展翅正向某个雷达基地会集。

你悄悄跟上去，仿若它们
掉队的同伙。你越来越清楚地
听见此起彼伏的声波，
不由自主轻拍方向盘学起鹅叫。

但突然的惊愕，让你急踩刹车：
望不到边的湖，和湖面上
浩浩荡荡的羽毛。足足上万只飞禽！
雪白的豪华军团高唱会师之歌！

"在这个地区，有机会见到
加拿大雪雁。"你想起我的一封信。
恰是初春时节，异国候鸟从南方赶来，
在这里集结，休整一两个月，

一俟粮草丰茂，就齐刷刷扑过边境。
用锃亮的白翎，从冰雪手中夺回
幅员辽阔的国度，在寒带之家
恋爱，繁衍，训练后代如何迁徙。

朝向同一性的抒情

——读《亦来诗选》[1]

/ 夏宏

最初触动于亦来的诗并且留痕于意识,是读了编选在《象形 2010》[2] 上的那首《雾中》,其起手一句便是"所谓启蒙,乃从雾中辨出人形"。我们可能不乏这样的阅读体验或者写作经验:有时候一句便已经定下了一首诗的质地。理念似曾相识,而形象激起的感受却是唤醒式的,接下来的诗行引人进入环顾和回首的状态。现在读来,其审美上有着"雾失楼台"的幽玄与西式洞穴比喻以来所探究的光照感相混合的特色。这也是亦来诗风的一个标识。

精神在运行过程中的顿挫与自觉状态才是难以被真切地抒写出来的,它常常在诗写中被什么裹挟而行或者被安置在格子间里却貌似自在;相应相切地,抒情诗的诗写一直处于特定社会境况的框定中而追求跳脱。新时期以来,富有洞察力的诗人、葆有转化力和创造性的汉语诗歌迭代而出,他们和它们都是难以被捕捉的,至少在此时代、在颠扑不已的解构性运动所带来的分裂中。说捕捉,可能有些言重,但是一旦对其进行定位,每每会顾此失彼,鉴评者的思维中也会油然而生自反意向。在被深究的对象上,背反之力让对象呈现出深刻的模糊性,虚无者企求纯粹的存在,功利主义或疾或徐地把人拉向空虚陷阱,诗歌语言的表意脱离不了言表之外的反向运动。集于一身,自反,又自洽。若在有限性中延展开来说,这就是所谓时代精神的内在运动,意识到它、诉说它恰是诗人的自然之义。而敏锐的诗人还会从自察自省的路径出发转折其批判,申表其祈愿。

---

[1] 本文所引亦来的诗歌除另标注外,均出自《亦来诗选》,武汉:长江文艺出版社,2021 年。

[2] 川上主编:《象形 2010》,武汉:长江文艺出版社,2010 年,第 13-14 页。

在经年累月的重负之下

石头会不会变成他身体的一部分？

或者，他的心智、他的情感

会一步步分递给石头，让它

学会反思与悲悯，并慢慢软下来？

（《希绪弗斯问题》）

我对亦来诗歌的读感逐渐聚拢于：矛盾、犹疑及其运动的错综，反倒因而体会到抒情的诚实。还有别的力道在运行，旁逸斜出的枝条不会内在地按照剪刀的意志和律令来生长，这尤其体现于对不适感的抒写。

亦来的诗惯于抒写启蒙与情志生长的曲折过程，即主体精神之生生。情志作为主体精神的受动构成和主要表现形态，一直在运动之中，情志的萌发、周行、繁衍与分身状态，会在亦来的一首诗中汇流，并且常常有回流之态发生，回向某个出发点。这不仅在其早期诗歌中有突出的呈现，而且对情志运动的过程、问题和反思的形象化抒写一直贯穿下来，至今并未止步停歇。他的诗中出现了诸多"游"的形式，云游、浮游、夜游、梦游、在异域漫游以至于飞翔成为一种主要的意象形态，这也就是"想象"本身的形态，跨界神游。其诗中几无静态事物出现，一个抒情者形象常在思虑之中，乃至不乏动用排比的方式去铺陈事物和意念的运动状态。它们一般不结晶，其诗写即使朝向一个定论式的情志表达而去，也会让人看到其过程的复杂，而结尾一般会表达出决意去试探"可能性"的取向。诗人还会让那些或坚硬或松软的已然结晶体在诗中运动起来，让抒情意向保持着它的开放性，生生而待。可以说，诗写出如此情志状态会更多地给人带来愉悦。亦来的诸多诗篇也抒写了个人、社会、历史的不幸和创伤，而痛苦感被对情志运动状态的摹写和反讽等修辞手法所冲淡，在特定的语境下这是一种反常。

诗写中，这样的神游状态也含有危险，对情志生长的游动状态的抒写有可能让其形象在不断地分身、分化中走向分裂和涣散，让出窍之神滑向虚妄。诗人很早就觉察到这样的危险，曾采用颠簸折返的方式为形象聚神。"……/ 一只燕子飞过，而我看到的是十只燕子 //……我看到的十只燕子是一只燕子。// 我在秋风中看到这只燕子，孤形只影，/ 在雨中它是一件蓑衣，在深山 / 它就是一块沉静的玄铁。……"（《燕子》）这样的危险依然会在后来的诗写中出现并被抒情者觉察到。

纯然洁净、高雅的情志生长之形象屡屡出现在诗写中，这是对表象进行筛选后的修饰，还是意识活动里的妄想？自然的熏陶和文学艺术的启蒙在亦来的诗写中焕发出唯美的光晕，成为情志形象的一种亮色甚至是底色。但是这在多大的程度上是审美教化中的一种温室效应？社会启蒙带来的形象塑造和形象感就复杂多了，比如"雾"这个意象就被突出地描摹：

所谓启蒙，乃从雾中辨出人形。
而我们在雾中，决不会将动物看作人
却往往将人看成某种动物。
在少年时代，我经常站在十字路口，
将雾的游丝一缕缕吸入肺中。
我反复问同一个问题，像斯芬克斯
不同的是我在问自己：
人为什么会犯罪呢？当时我以为，
在人的身体里睡着一头狮子。
……

（《雾中》）

这是一次回溯式的诗写，当下的"我"与年少的"我"在形象上叠加，又有"斯芬克斯"和"十字路口"的意象交叉。年少的"我"还在其间被对象化，那一次他经历了什么呢？显然，这里面有代际成长的社会环境和文明观的特定背景，直到"85后"们才没有直观、体验过如此场景。所谓"新时期"其实是一个内涵相当含糊的时间概念。在这首诗中，旧与新的跨度既被作为整体形象的"雾"所虚化，又被个人回忆的关节点所落实。对回忆的诗写中，"在某个时刻，我的心里会突然发出声响：/'砰——砰——'脑海里立即浮现／一只鸟雀或兔子被击毙的场景。／而这些画面的绵延，将伴随胆战心惊的成长"。暴力美学？恶之花？回忆中的暴力与恶被对象化，被反思着，这方面的色彩就被反思弱化了。

生生之悦被性命之忧思所打断，这还出现在游历所感中，"睡眠不断贬值。身下的床乃是中世纪的刑具"（《初到罗马》）；出现在对指认风景的回忆中，"你指给我看倒垂在草叶间的蜘蛛／在悬丝上转体，迅速逃离蓝水洼的电流。／你指给我看死去多日的豪猪，／腰腹上银针依旧在闪光"（《晨起登克莱山》）。我以为，对性命的忧思成为亦来诗艺的一根风筝线，即使它有可能被换掉。

由此，美，或者说唯美意向，不断地被诗人抒写着，又被打量着、质疑着、解构着，唯美的幻觉、幻听和幻念一次次被击中。所谓"幻"，只有在与本来生长之力相反相错的力道出现并形成压力后才会成形，这是情志在生成过程中与现实世界相切之后的一种"挫折"感应。光晕消失，再升起，又消失，此过程成为亦来不少诗篇中所抒写的主要内容。

> 桂花树，在聚焦中耸立成环形山。
> 这是亲近陡然反弹起来的敌意：
> 金黄果皮渗出晶体状的层层毒霜。
> 就像这时，她撩开云纱召唤你
> 打开一坛酒，香雾耽荡于空心的洞——
> 你要知道美的肉体，凹坑更多更遮蔽，
> 而时间，要么是子弹的光，
> 要么是光的子弹。
> 但你只被允许，将一颗眼珠压进
> 望远镜枪膛，猎物不允许想象成尤物，
> 科学不允许抽象成形而上学。
>
> （《月球观察杂谈》）

其诗中乃至标题中反复出现"观察"一词，即使没有使用这个词也常见某种观察状态被摹写出来，但不一定必然由观察而抒写出逻辑明晰的情志状态，更多的是出现了抒写上的变奏，从对本来的探试转向去呈现情志的分化。情志运动的形象在亦来的诗歌中变得斑驳起来，常常不是由某一个意象或场景来构成，而是由或隐或显地发生转折运动的意象叠加、叙事、文本嵌入或者文本改写来营构。混搭，变奏，为繁杂的回忆、察觉去构造游动之象，以向更为复杂的情志运动"还原"。这是亦来诗艺的一个厉害之处。

直至目前，诗人对变奏的抒写在审美取向上还比较克制，或者说还比较犹疑。仅从他常用的某些传统意象、古雅词语和其间的人情伦理主题来看，古典的和谐美还在对其诗写发出召唤。而同时他又不断地主动浸染于现代的尤其是外来的非和谐诗学及诗歌文本中，其诗写常常切入当下繁杂多面的社会语境和个我的幽微、多维意识中。这必然会呈现出整一性裂变后的现代性审美色彩。牵扯之中，这很真切。就此来看，所谓文化思想上的汉语"断头人"的说法，过于夸张；而所谓给文化"续命"之说，又含有自大与自卑之间的失衡。毕竟，自在与自信、"所是"与"所愿"不是同一个维度的精神取向。留纹之情志若有本来基因的话，先在的、被给予的种子在生发枝叶的过程中当然会因为条件的变化、多维而产生转折运动，尤其是在"如是"的条件与"应该"的预设产生冲突时，情志生长的不稳定感就显得强烈。这就是置身当下的有限性中而生的存在感，因有限才有可能得到情志的真切。诗人敏锐地捕捉到、抒写出情志转折运动中的不适与悬浮感，诗中的抒情者被"如其所是"地描摹出来。如其所是的、错综的情志运动形象逐渐构造起亦来诗歌的抒情可信度，这在常年的诗写活动中殊为不易。在此基础上，诗中的抒情者在不同阶段对其所观察和觉察到的芜杂、分化、背反状态会直接表达出忧虑与祈愿。

> 从此以后，要赞美秋后的天气。
> 要怜悯一部部史书里不如意的镜子。
> 要跨过冰面走到镜中去，不动声色，
> 暗自感激光阴折出的那道深痕。
>
> （《从此以后》）

作为跨越了时空和文化差异的一个喻体，"镜子"出现在亦来这本诗集中的频率比较高。此喻体具有二重性：映像与幻象、意识中的真与假并存。这也几近于亦来在不少的诗行中直接抒写出的语言观、艺术观。镜子不仅在明喻中现身了，而且在诗人重叙或者改写的埃玛·宗兹（博尔赫斯）、孙二娘（施耐庵）等形象上，也显示出"镜花水月"的意旨。对于镜子而言可有本体存在？譬如化身为水仙花的少年或者那位磨砖的禅师？借此喻体，本体、本相、本事和本文既被重构着，也被解构着，抒情者质疑着对象的真实性和情志的真实感，分裂与虚无感一再压迫过来。在此过程中，作为审美情感的祈愿从思虑活动的磨损中溢了出来，抒情者要将因为内外分裂、内部分化而生的"镜花"以审美性的而不仅仅是认知上的存在接受下来，让情志活动在祈愿中而非仅仅在静观中流通下去，自觉地涉险（也可能含有探险之乐）而化入"镜花"般的运动中。

情志无法重构自己的精神实体，它又无法飘浮于虚空而失去形式，此为二难。在此，摇曳的情志在运动中找其所系，犹如"乌云咬着屋顶"（《旅客与凶年》），以确定其运动的朝向和意义。即使被给予的精神实体已经被质疑，关于实体的幻象被刺破过，即使发现所谓的"精神实体"已经千疮百孔，但抒情者并没有在纠结的情志运动中消泯其探寻自我存在状态的意向，反而不断地深入并且组合起错杂的体验，以明晰主体的情志状态，"我们作践肉身，才生灵魂的疼痛"（《无根之物》)。其实,我们可以认为无以自系的情志在这种犹疑难决的局面中已经走向成熟,进入年中时节或者中年的状态。

对情志运动的抒写中,一个"自我"形象也逐渐被建立起来。被建构的所谓"抒情主体",在其诗中的状态也是运动变化着的,被诗写对象化,所以此主体同时也是客体。在长诗《SUBRINA》中,一个读书人求自在而难得、既困顿又自得其乐的状态被抒写出来,他在念头的螺蛳壳里修道场,于现实感和幻觉的错位之间做着情志上的"折返跑":

> 你钻入了柜子,我翻箱倒箧。
> 你挤进了书页,我皓首穷经。
> 我识生字,认死理。我在月亮下
> 晒太阳,我在针眼里引线穿针。

这首 4 大节 24 小节的四行体诗歌在形式结构上规整,但并没有按古典的(哪怕是被改造了的)音律格式来写。在每一小节中,换行既依照匀称的形式要求又屡现错落的断句,这样,就在形式上形成了既自由又受限的格局。每一节中,语义相悖的句子或词语搭配在一起,形成了反讽效果——整首诗就是不断地在自嘲与反讽中推进或者重叠一个读书人的情志运动;在语义上局部清晰、整体含混,显示出对知识、思想、情感和生活的确定性意义进行解构的意向。语言的修辞游戏比人物形象更夺目,堪称一次修辞的狂欢。修辞在游戏着这个读书人,虽然其间显示出反思性的批判意识,但并没有生成非此即彼的定论,全诗收尾为"他对万物的变化不以为然,他坐在 / 思想的迷阵里,既闭关却扫,又左右逢源"。而反讽,当然有否定的态度和批判性思维在里面作用着。但是因为它具有游戏性,所以就在分裂自我情志的同时又对分裂起到了调和作用。

"自我"在这里被对象化了,成为被抒情者推动着又不断下滑的一块石头。犹如西西弗斯自己变成了一块石头,他推动自己又自动滑落。体育中的"折返跑"大多用以训练,而非有这个竞技项目;情志活动中的"折返跑"往往难以自觉到,否则就难以自洽。这首诗恰恰对不仅是读书人身上而且是主体身上普遍存在的那种自洽的荒诞性给予了共情式的摹写和反省。即使辨出了人形,主体的心性与情志可能还是在雾中,自我辨识与自我意识的内在错位成为亦来的诗歌反复抒写的主题之一。

如果说主体性的迷失是与不断生成情志的"自我"进行定位的复杂、艰难程度密切相关的，那么时空意识的自觉、此意识在关系化的思绪中折返流动就让抒情生动起来。亦来的诗写中，一个自我形象总是在"中间""之间"游走，在自然与社会之间"伫中区而玄览"。情思在历史的从来与未来（存在与想象）、我与你（主体与他者）、对想象的觉知与未卜（经验与超验）之间运动，从而生成主体形象。修辞术越发如水似光地灵便游动，形式结构中的河床和发光体（幽暗与照明）越发成为被给予的诱惑，越发是情思的牵挂所在，"我也见过纸船，在温驯的河流上，／捧着月亮筛缝里漏下的颗粒。／当意义如夜雾升起，它迟缓，克制，犹豫／像一个躲债人，像一个无债的盲人"。对自在的体察和呈现，在亦来的诗歌中一般是想象性的，时间与空间在诗写中也常常是被想象着的，直到抒情者自觉到它们是被给予的境况，而非被自我创造出来的本体，觉察到"意义"无法被自我创造出来，但它一直作为一种主动与被动之间的意向性运动而涌现出来时，"自在"才得以指认，犹如一次形上与形下之间的完形，感情、思想或者说乡愁如影相随：

> 在此岸，它是它应该是的。
> 在彼岸，它是它可能是的。
> ……
> 现在，可以为它选择一条河流，
> 尼罗、恒河、梦幻般的澜沧江……
> 或者就是你家乡腼腆的小溪，
> 流域呵，因它的小巧而波澜壮阔。
> （《另一只纸船》）

在我读来，亦来的诗歌整体上有一条从感应到思索、从思索到祈愿的往复运动线索，其诗中的风景、情志、自我形象和修辞的背后，或者说在它们之中，似有一个共同的本原存在。但它不自动显现，或者说抒情者还对此存疑，只有抒情者感受到压力进而发生反弹的时候，它才可能被触及到，才能在修辞中被形象化，如同以赛亚·伯林在论述民族个性时借用的修辞——那条所谓的"弯枝"[1]。更有可能，它就是诗集中诸多情志形象、语言修辞和合而成的祈愿所指。对社会境况和精神世界中的芜杂、分化和冲突背反现象越敏感，抒情者的祈愿就表达得越强劲。

---

[1] ［英］以赛亚·伯林：《浪漫主义的根源》，吕梁等，译，南京：译林出版社，2008年，第131页。

我以为正是在这一点上，亦来的诗歌显示出：对存在及其意义的把握，有限身心的感应比形上的思想更为本真，但感应会朝向形上而动，相互牵引又有所拒斥。

看得见和看不见的

/ 刘棉朵

　　刘棉朵，山东青岛人，中学时代开始诗歌习作，作品见于各种文学期刊和诗歌选本；著有诗集《呼吸》（2023）、《看得见和看不见的》（"70 后"印象诗丛，2011 年）、《面包课》（21 世纪文学之星丛书，2009 年）等。

找斑鸠

我和妹妹去野外找斑鸠
秋天，斑鸠，一种田野上的事物和影子
不知道藏在哪里
也不知道该怎样描述它的样子

我和妹妹一起去野外找斑鸠
妹妹、田野和我，某片沟渠边茂密的灌木丛
两个小小的冒险家，一种害羞的鸟
沿着一条从没走过的崎岖不平的坡路
去寻找这种不常见的鸟

在那些所求不多的日子里
我们像兔子那样走着，不时惊起
蚱蜢和麻雀，白云向远方慢慢飘走
迷宫一样的小路延伸到丘陵的另一边

我们不知道斑鸠究竟藏在哪里
走走停停，后来
离开了寻找斑鸠的土路
走向被枝蔓和卷须统辖的沟渠

斑鸠已经模糊、遥远
斑鸠，一种田野上的事物和影子
一种害羞的鸟
我已经忘了我们最终是否找到了其中的一只

我们一起去秋天的田野上找它
我只记得最后是妹妹首先
离开了荒凉的田野，而我独自留了下来

白　鹭

一条河，几乎不动
三只白鸟从水里起飞
带着它们的光和影子
划开凝滞的空气

这一定是白鹭

一定是我知道的那种名字
或者是我希望的——白鹭

此时只有白鹭的意象
才能让这条河流
显得孤独、荒芜和沉寂
显示事物并引出它们的本质

白鹭向空间的高处
和时间的深处
延伸，扩展
并让河流具有其他的可能和意味

山顶上的春天总是比别处短一些

山脚下的花已经开了
山顶上的种子还没发芽
那是因为山顶上的春天总是比别处短一些
甚至没有春天

因为春天总是从山顶走到山脚的
春天也有一把降落伞

它从高处降落到地面上
然后变成那些无数的小伞

而更高的山上，从来都没有春天
只有白雪皑皑，白雪覆盖
只有一个人在山脚下长久地对着它凝望时
它才会有一小会儿的春天

它的冰才会融化一些
变成人用自己的眼睛看不见的水蒸气
而如果那个人不去望它了，掉转过头去
山上的春天就结束了

跳　羚

一只跳羚在草原跳
朝着它喜欢的草叶

我走在路上
看到路边低垂的树梢
也喜欢紧跑几步，跳起来
去触碰触碰那些闪光的枝条

不是为了别的，只是
为了触碰一下那些高处的事物
其实我也不是为了触碰
而是喜欢借机跳起来离开地面的
那一刹那，感觉有了浮力

似乎我还可以飞起来
哪怕只是几秒钟
这让我感到很快乐

我想一只跳羚之所以喜欢跳跃
应该也和我一样
一辈子只能生活在地面上的动物
有时跳起来，触碰触碰那些高处的
需要仰望的事物
心里会有一个梦想和一树的果实

回家的路

为了抄一条近道回家
有时我会穿过一片草地
草地上的草稀疏、瘦弱
正在一步步退出自己的领地

边上的杂草却长势良好
它们好像从没被谁踩踏过
成熟的草籽会粘在我的裙子上
偷偷跟我一起回家

我有时还会走过草地旁的另一条小路
那里光线幽暗，榕树高大
垂着长长的根须
仿佛是一群思想者
在黄昏里，垂着长长的思想

我沿着它走回家里，时间
要比走过草地多一些
路上没有草也没有草籽
会有另一些无家可归的事物
跟我一起回到家里

岁　月

我想起了我们一起穿过广场
在海边的一个潮湿的晚上
七月。到八月的时间还有好久

九月。我们曾经坐在一张长椅上
伞遮住了我们的头颈和肩膀
雨水打湿我们的鞋子和双脚

十二月。我们在黑夜里驱车
寻找一条新修的高速公路
在拐弯的隘口看见了消失的灯光

我坐在你的身旁快睡着了
你说有一只松鼠迅速过路
从车灯前一晃而过
你用手指着，让我看它。十月

我想起一个男子赤裸着上身，站在远处
翻耕着温顺的田野
大地那么辽阔，而他的工作那么快乐

看得见的和看不见的

此刻，我坐在椅子上
前面是一张桌子
桌子上有电脑、纸、笔和一堆书
从桌子到墙壁之间
有两个书橱
在我的后面，是

高一米半、宽一米二的窗户
窗下，一张单人床
床单有时是白色的
有时是橘红色的
透过窗户望出去
能看到高压线、高压线上的鸟
对面的楼房、阳台晾晒的衣服
地面的汽车和甲虫
天上的
白云和太阳
（太阳只能在傍晚看到）
我坐在椅子上
有时看书，有时不看
不看书时就发呆
如果有个人
从外面走进来
他首先会感到屋子里有些暗
适应了光线之后
就会看到窗户、床
椅子、我，还有桌子
差不多
能看到我刚才描述的一切
物体的颜色和形状
但对我
整天坐在屋子里
想什么
一无所知
每次进来
只是看看我
如果碰巧我在
就问
晚饭吃什么

从早晨起来开始

一直到晚上

每次

都有几秒的犹豫

而这时，另一把

空椅子，可能正在巴黎

网球场艺术馆的

一个角落

灯光从门外照进来

地上很干净

猫科动物走了

只有椅子拖着它孤独的影子

在摇晃不定的光线下

塞纳河岸边的中年男人

正坐在石凳上

吸烟

背后是斑驳的墙

就像梦里看到的那样

他歪着头，看着河中来往的渡船

忘记了掸烟灰

远处的米歇尔山

在雨中

很难辨认

春天的黄昏

不知不觉到来

而另一张桌子

是长方形的，棕色

胡桃木的纹理

摸起来，光滑、温暖

似乎还带着树的体温

质地坚硬

用笔敲打它时

会发出低沉的回音

刚从地下醒来

在灯下

有一部分反光

反光的部分明亮

似乎比其他地方高

颜色也不同

看起来是灰白的

走动时，看到它

似乎长着一个锐角

三个钝角

或者正好相反

闻起来

味道在夜晚有些改变

摸起来和

敲起来

和白天是一样的

用放大镜看

它身上有丘陵和

峡谷

古老的河床

复杂的地形

关上灯，它和周围的

书架、椅子、墙融为一体

一棵卡夫卡的树

在黑暗中

才能把它与

其他的区别开

（太阳只在傍晚才能看到）

橘子是一个词

我说的橘子是一个词
而不是放在我的桌子上的一个真实的橘子
只是一个词语带着橘子的气味、橘子的颜色、橘子的形状

我说出橘子时，是一个词在我的唇齿之间流溢着水果的清香和汁液
仿如我真的是在咀嚼一个橘子
但作为一个词语，它能够被触摸
却不能作为一种新鲜的水果被我吃掉

但我说出它
像一个真实地在生活中的橘子
我写下橘子
它发出和桌面上的橘子同样的光泽

我触摸着词语的皮肤
它似乎刚从一个果园里被摘下来
还带着清晨的露水和光

我清洗它，我说出它
屋子里的光线随即落在两个不同的橘子上

我有一无所知的一个小时

天空的空白是我一无所知的一个小时
没有一只鸟儿飞过
也没有下午的云

一沓信纸的空白是我一无所知的一个小时
它没有墨迹、标点、字

地址也早已失效

夜晚的火光也是
我不知道它们是为着什么燃烧
又为什么熄灭

大海冲刷着海岸也是
我不知道波浪为什么涌来
为什么退去
哪里才是一朵波浪要奔赴的目的地

那些飘浮的尘灰也是
只要我盯着它们
我就永远不知道它们的前身是什么
从哪里升起
又将在哪里坠落

一幅无名的油画也是
我一无所知的一个小时
我不知道我看见的画的色彩是什么
黄昏时，厨房里的蒸汽也是
我一无所知的一个小时
我不知道它有多少轮子，像一列火车
要开往哪一片开阔地
蜜蜂把自己锁进一个箱子里
蒲公英要从一片原野走向哪一片空地

墙角一张蜘蛛织的网
天花板上一个不知谁留下的鞋印
一架晚点的飞机在天上划出的云状轨迹
好像谁在天上哈出的雾气也是

它们是我一无所知的一个小时
是我一天当中的数次走神
是我打发时间的胡思乱想
它们组成了我一无所知的一生
它们身上的烟雾、水汽、斑驳的光线也是

隐秘的蜂巢

守着冬日的炉火
养蜂人哈蒂兹坐在家里
一无所有
不知该怎么办

她的蜜蜂一个个都死了
生病的妈妈
不久前也死了

但愿她去了天堂
活着太苦了，一直到死
她才算把这一辈子的罪受完

养蜂人哈蒂兹
只剩下一点盐和黑面包
她现在只盼着春天早点到来
她知道还有一个隐秘的蜂巢

在一个遥远的崖壁上
那里人迹罕至
还能给她安慰和希望

那是她活在这个世上的最后一点甜
取蜂蜜时，她从来不忘

只取一半，另一半要留给蜜蜂

现在她坐在冬日的炉火旁打盹
似乎已经听到了
成百上千金色的蜜蜂
在她周围嗡嗡飞着盘旋，给她这个甜蜜的梦

一封信可以支配的事物

写一封信如果要用两个小时
那么它首先就支配一百二十分钟
它将被投进邮筒，在一个下午被送出去
它就开始支配一辆墨绿色的卡车
一个蓝色的邮戳
它将跟着一个熟悉的地址
离开那个海边小城
带着一些海风
到达它要去的某个省份
它被一个骑着电动车的女邮递员
气喘吁吁地送达
写这封信的人如果是坐在靠近
阳台的一张桌子上写信
它还会带走一张桌子
一摞干净的信纸
它将决定那个收信人的长相
这封信
也许用不着太长
大约需要五千字和几个标点
有一些描述性语言
告诉他这里已经要盖被子
满街的苹果、萝卜和大白菜，朴实亲切
它们和番木瓜的味道大有不同

还要问一下那里是不是还刮台风

写这封信时

如果是黄昏接近天黑的时候

她还要告诉他，她要做饭了

她做了一道他爱吃的菜

等着他来

如果不来，就给他留着

一封信，写到这里已经够多了

它已经支配了够多的事物

其余的，将留下来，等着下一封信带走

父亲的信

昨晚我又看到了一封你以前写给我的信

你在那封信里谈了你正在读的一本书

你说再也没有人能像陀思妥耶夫斯基那样

更能让人看到灵魂，相信灵魂

你说这话的时候我感到了你的忧伤

仿如一群黑鸟，正在向南飞去

你说从昨天开始突然想家

想起冬天和几个伙伴

扛着猎枪寻找野兔和山鸡，在冬日的田野里

有时是在大雪刚刚停止的下午

有时是在比较暖和的上午

你说那是一种美好的快乐，可以让你

走上很远的路，去寻找那些田野中的精灵

现在这些往事，已经成了一个人中年的温暖

你还说你重读了王小波的《黄金时代》

是在去北京的飞机上

你仿佛看到了所有的白云都是一个飘到天上去的灵魂

都来自一颗忧伤、苦涩、高傲的心

在这封信里你还提到了一个

我们都喜欢的俄罗斯女诗人

作为火焰的守望者

她的头发和衣裙也都被点着过

你还提到了你的犀牛、卡夫卡的变形和灯芯草

你写这封信的日期是 2009 新年前的倒数第 9 天

这是一个分开与相聚被无限放大的日子

你说你几乎每天都在想

在一封写给上帝的信里应该说些什么

但没说你什么时候回来

和这封信一样，许多年了

我们就这样说着一些虚幻和具体

它们像我们养的一些植物、波浪或者雀鸟

让我想起你留在故乡的旧棉衣

你写这些的时候

有时候我觉得就像你写的其他一样

既是在对一个人深情地絮叨，又像是在自言自语

在唤起尾羽上的一些宁静的记忆

蜜蜂一样小声地飞

信的结尾是：冬天到了，再多读些书

仿佛只有书和爱才能安慰冬天和自己

仿佛只有书和爱才来自一个靠近火山的地方

一百五十二平方米的女王

我站在客厅的中央望着我的国土

领土的东北部是厨房

那里有打火灶、油烟机、冰箱、微波炉

电磁炉、烤箱、锅碗瓢盆、油盐酱醋

阳台在南部

有晾不干的袜子、鞋子、大大小小的衣服

几盆花，总不见开

客厅里有沙发、电视、空调

还有几幅字画、茶具

除了接待空想者和现实主义者

也接待蜘蛛和蚊子，一些无政府主义者

餐厅有长方形的餐桌、六把椅子

一个酒柜。我经常一个人

在这里小酌几杯

面对着其余的五把空椅子

东西两侧

有两个卧室和两个卫生间

夏天我用那个有窗户的

冬天我用另一个密封好的

镜子和让水流逆转的马桶

常让我走神

书房兼卧室在国家的西北部

经年不见阳光，阴冷

好像西伯利亚

两个书橱，两千多册书

一张书桌，一把可以躺倒的椅子

电脑、打印机、衣架、单人床

一幅山水画、两把剑、若干毛笔

白雪签字笔、铅笔、英雄牌钢笔、削笔刀、橡皮、马利牌颜料

A4打印纸、宣纸、墨汁、字帖、笔洗

孔子石像一尊、口香糖、巧克力各半罐

大小笔记本十七八本、五个发卡、一支润唇膏、擦手霜

一个纸篓、一盒纸巾、半打拆过的信

固体胶、现代汉语词典、新华字典、水杯、台灯、烟灰缸

一本做满标记的台历、钢琴曲一套、地球仪和一匹木马

钱包、钥匙包在手袋里，卫生巾在床下，手机在床边的抽屉里

在这套一百五十二平方米的房子里

我大部分时间都在床上捧着一本书

我常想象自己是在埃及或者古罗马

在沙漠里遇到坍塌的神殿

或者一座城堡

我每天的工作

就是把存在的变得虚无

让消失的再次呈现

有时候

也从这间屋子走到那间屋子

手里拿着一杯水

或者一摞叠好的衣服

或者什么也不干

和霍金一起

在一天中看七次日落

有时也会来到阳台上

打开窗子

仰头看着远处的天空

想世界上的某个地方会先是刮风

然后悄悄下雨

草木之人

这些日子
我读《奥义书》
吃青菜、豌豆
喝泉水，听风赏月

穿袍子，打坐冥想
活得像个隐士
每天反省
用清水和光沐浴

给一只蚂蚁让路
给一只黑鸟让出麦田的上空
不去想理想也不去想爱情

孤独、善良、自足

不偏不倚
热爱粮食和棉花
走路按照信号灯和斑马线
对着镜子
认识美，日常生活的真实

沿着一条新修的路
每天晚上散步
直到松开自己，像蒲公英
走在新路上
自己仿佛也和以前不一样

不头疼也不再失眠
牙偶尔会疼
牙疼提醒我，生活
有美好也有烦恼
天空会下雨也会下丝绸

不再回避什么
也不再期盼什么
就这样无害无益地活着
像天下草木
做一个草木之人
没什么不好

一首诗与土豆的关系

我刚用剥土豆皮的手
写了一首诗
在这首诗的第二小节里

还沾有土豆田里的泥土

泥土里蚯蚓的唾液

和一只甲虫的理想

我刚用写完一首诗的手

切开一个土豆

这个土豆上有一个虫眼

就像一首诗要向我吐露的秘密

我切土豆的节奏

像切开一些紧密的词语

和被泥土覆盖的预言

我把土豆丝放到锅里翻炒

就如翻炒一首诗

在一首诗诞生以前

要有 7 克思想、5 粒花椒

3 克来自盐的大海，还有半两烟火气

和一个即将读到这首诗的人

才能让它发亮，吃起来味道不错

你要想象一下我烙油饼的样子

你要想象我把面从面袋里捧出来

要想象面粉是白的

就像你当初看见我时

天上飘着的白云

要想象那些新鲜的肉和青葱

从春天的菜市场

跟着我回到家里

来到春天的厨房

它们也带着几滴春天的露水

和一只小虫子隐秘的爱情

你要想象我把它们洗好
切好
包在发好的面团里
这时窗外的喜鹊带着它的鸟巢
来到了我的窗口

要想象我在包油饼的时候
两手沾满了面粉
这是生活中一个主妇的劳动场景
擀好的油饼放到了烧热的平底锅里
生活的颜色从雪白
开始变成金黄
整个屋子都在热气和饼香中缓缓上升

你要想象一下餐桌上的油饼
闪耀着宗教的光泽
就像一个小太阳
一天的日子正在分给我们
一些美好时光

但更美好的，是你从外面回来
看见了一个烙油饼的女子
你爱她，你的一生那么靠近她
你伸出手从后面轻轻抱了她
我们因为油饼与劳动而相互依偎
身上传递着人间的烟火和人的温暖

阿黛拉

阿黛拉，端起酒杯

和自己干一个
黄色代表胆小
阿黛拉你是一个勇敢的姑娘
现在把自己推出去
开始，飞
这是自由，在一杯酒里
你喝下
田野上的偶蹄动物
会抬起头来看你
主妇们
也会从窗户里抬起头来看你
这些一辈子
都被困在轭里的人
眼神呆滞、悲伤
翅膀和飞翔
对他们来说永远只会是梦想

阿黛拉，现在
你可以是任何一只鸟
云雀、信天翁、天鹅
你可以让人们看到有个人
真的飞了起来
脱离了地面，脱离了众人
你感觉你可以变成任何一个
鸟、鱼、酒、打火机
和空气
都是因为你喝下了一杯
你自酿的烈酒的缘故

如果不是这样
阿黛拉，你就做一个
从生活现场溜走的女人吧

一条从浴缸里溜走的鱼

可那就不是你了

因为你和我一样，总是感到人世如此孤独

除了自由和死，什么

也不能让我们满足

阿黛拉

让我们自己和自己再干一个吧

直到困扰我们的时光和孤单

变得恍惚，不真

大地变得比空气还轻

词语也是一条道路

词语也是一条道路

我说什么

就是在通向什么的途中

我说爱

就成了爱的囚犯

我说秋日

走过的地方

就变成了枯草满地的荒原

我说回忆

我的双眼

就噙满了泪水

说未来

就两手空空

我说什么

就会被什么约束

囚禁

我说黑
乌鸦就占领了
我败下来的天空

生活中的每一个词语都将被爱重新擦拭

我擦拭茶几、餐桌、书橱、烟灰缸
擦拭抽油烟机、调味罐、刀
和水槽

我用抹布、清洁剂、干净的水和爱
用每一个闪闪发光的词
用它的元音也用它的辅音
擦拭生活内在、外在的一切
用傍晚散步的裙子和带回来的一朵小花
擦拭夜晚和它的美德

谢谢你用三种身份来爱我

谢谢你用三种身份来爱我
用铁、铜，和手掌心里一块沉甸甸的黄金

谢谢你这些年给了我它们
泥土、水，和制造水的酿水器

谢谢你父亲，这些年你教会了我播种、煅造
在闪烁的金属上看见那些回家的词语
它们和坠落的陨石不同

谢谢你在我迷失的时候深情地凝望
你让时钟减缓、时间变软

让我看到事物的另一面，和你一起建造一座塔

谢谢你，我的父亲、我纯粹的孩子、我黄金一样的岁月和谈话人
谢谢那些新的梦、氧气，逆光中看见的幸福、平安

谢谢你让我做你的女儿、姐姐、母亲
爱上你，我也有三种身份，三重自己的光辉

你让我的骨头是活的，当我写诗时
当我在诗歌里写到了你，我的骨头
就会像一群孩子那样在铁轨上跳舞

当我写到了星，有人用手敲打着我的肋骨
写到了海水，他就用嘴唇吹奏着我的手骨

在一年又始、一岁又增的这个春日的清晨
我感谢你，感谢你给我的地图、望远镜和晨曦
也感谢高原上那岁月里的荒芜和天空的空旷

"为了触碰一下那些高处的事物" [1]

——散谈刘棉朵的诗

/ 张清华

参加今天的研讨会感到很亲切，因为我们研讨的是一位来自山东的诗人，而我也是来自山东的。山东历来是一块诗歌的高地，优秀的诗人一直层出不穷。我这样说，一点也不意味着刘棉朵是一个"地方性的诗人"，恰恰相反，我觉得她已完全超出了地方性的属性。

刚才吴思敬先生谈到她作品的一些优点，我都很认同。我个人觉得，刘棉朵是一个非常安静的诗人，是一个非常朴素、内在，且非常知性的诗人，是一个有着广泛的世界视野和知识视野的诗人。这些特点将她一下与许多一般的写作者拉开了距离。如果引用席勒的话——他对诗人的划分是"朴素的诗人"和"感伤的诗人"，这当然是一种历史的划分，假如我们不考虑这一概念的历史范畴，我倾向于认为，刘棉朵是一个"朴素的诗人"。因为女性诗人一般来说，比较容易成为抒情性很强的、风格尖锐的、有感伤意绪的诗人。但是在刘棉朵的诗中，我们看到的是一个朴素而安静的思考者，一个有着阅读生活的沉着的观察者。当然她骨子里或许也有很强烈的情志因素，但这些都内在化了，藏起来了；她的外观流露的是一个非常平静超然的形象，所以我觉得她有着"朴素诗人"的气质。

关于山东的女性诗人，众所周知有两个比较重要的人物，一个是寒烟，她的特点是深邃和激昂；还有一个就是宇向，她的气质是轻逸和另类。这两人的气质和写作风格几乎完全不同，但她俩的重要性却在互相对比当中更得以彰显。某种意义上，这也是当今中国女性诗人写作中的两个倾向，它们彼此互动，张开了女性诗人写作的广阔空间。刘棉朵，我现在倾向于认为是她俩之外的一个很重要的

---

[1] 本文根据 11 月 25 日在《呼吸》研讨会上的发言速记稿整理而成。

人物，也可以说代表了另外一种重要的向度——知性的、日常的和内敛的抒情的向度。顺便再强调一下，我不是在地域意义上来讨论的，而是在整个女性诗人的写作格局与场域中来观察的。

假如用细读的方法来观照和诠释刘棉朵的诗歌，我想主要是有这样几个特征：一是表现出了平易的"日常生活气质"，这是第一个显著特点。她不刻意显示奇特的、尖锐性的事物和情感，而是宁愿从生活小景出发，通过特定的叙事性，来寻找"常理中的意外"，借以传达生命的体悟。这些事物大都是渺小或卑微的，却透出对于生命的体恤与尊重、对于生活的向往与热爱。类似《水挤在深夜的水管里等待》这样的角度，一般人是难以发现的，水管里面的水在压力中憋了很久，着急想出来，这种"诗意"无论如何都很难让人想到，而她却用如此简单轻易的方式给阐发出来。可见所谓诗意都是人创造的，事物本身并没有诗意，是"意义的发现者"赋予了它们诗意——"它们像一群鸽子一样在等着 / 有人能打开笼子的门 / 它们憋着嗓子里的声音 / 不出声，在水管里暗自地歌唱"。我感觉，这些句子或许并未有多么美妙，重要的是她对诗意的发现角度是极其特别的，她看见了平常人看不见的生存情景——那些比自己更微末和谦逊的事物，其实是因为自己内心的谦逊才能看到的。一个诗人对待生命、对待事物、对待世界的态度，其实就决定了他（她）用什么样的方式来入诗。

二是敏感精细的叙事性，刘棉朵诗歌最鲜明的特质就是叙事。她的《诗人之死——给罗伯特·瓦尔泽》，叙述了诗人从精神病院出来，在一块雪地中死去的过程，用平静的语调抵达了令人惊心动魄的情境，仿佛这是她自己的某种镜像，或者她"钻入"了诗人的内心、感官和身体之中，在替诗人记录下最后时刻的一切。这首诗非常打动我，诗歌最后是雪在诗人身上堆起了一座洁白的坟墓。"那是一些刚刚诞生还没有说出的语言"，是一个诗人最后的语言。而这首诗的内容都是通过叙事来展现的，它的抒情性完全被隐藏起来，但是抒情的效果还是很强烈的。它让人想起茨维塔耶娃在致敬古米廖夫的诗歌时所说的"不是解释，而是用语言捕捉"，她用敏锐的叙述和微妙的语言感觉，捕捉、抓住或者托出了有关这位疯狂诗人，也有关诗歌与诗人的命运本身，其最核心的东西。

还有一首《玻璃》，给我留下了很深印象。这首诗和宇向的一首写玻璃的诗非常像，属于异曲同工：一个女孩用力擦干净她的窗户，仿佛已经"没有窗户"了；这时外面一只苍蝇想进来，里面一只苍蝇想出去，擦窗子的人自己反而感到很疑惑，擦得如此干净，却给苍蝇造成了困扰，也给自己带来了存在的困惑。这是宇向对待生活的一种态度，没有反向思维和反讽精神是绝对不会有这样的诗意与境界的，可见她也是善于发现卑微和渺小事物的生存处境的诗人。刘棉朵的这首，同样也是以轻见重、以逸待劳；但她所诠释的诗意，却不是荒谬而是神奇，就像王国维所说的"三种境界的压缩版"：擦玻璃是有所企望，是"独上高楼，望尽天涯路"；反复擦拭，从内到外仔仔细细擦干净，仿佛是"衣带渐宽终不悔"，是神秀式的"时时勤拂拭"；而擦着擦着她竟然"穿了过去"，则是不期而遇，是"蓦然回首，那人却在灯火阑珊处"。这个意境看似简单透明，实则非常之妙。

因为我自己偶尔也尝试为诗，一个写作的人会感觉到，写作过程中时常会有一种中断的危机感，找不到下一句该怎么写，诗意该怎么向前一步推进，升华或是转折，或是彰显。我觉得《玻璃》这个结尾找得非常之妙。这是"擦玻璃"这种行为动作中很容易产生的一种无意识，是非常自然地出现的幻感与诗意的一种相遇。

刘棉朵的诗也有非常接近哲学处境的思考，这表现在两个方面：一是自然的存在之思。她经常在诗中透出一种虚无感、时间中的迷失感。这和古往今来的诗人们是一样的，生命的虚无和悲怆是永恒的主题，只是刘棉朵表达得更为松弛和自然，更不露伤感，且有一种"坦然接受"的态度。她的《我有一无所知的一个小时》其中一句说道，那些飘拂的尘灰，只要我盯着它们，我就永远不知道它们的前身是什么，"从哪里升起，又将从哪里坠落"，这也是"从哪里来到哪里去"的命题的一个翻版。但在这样的追问当中，作者更有一份平静的超然。事实上在我看来，这种平静的超然，反而是一种更加绝对的虚无和悲怆，是一种不动声色的绝望的幻灭感。就看你怎么理解，在表达与不表达之间的这种微妙，可能是刘棉朵最善于把握和表现的。

还有一点，就是比较多地触及死亡的问题。我注意到刘棉朵对这类题材的处理，也是刻意追求平静和坦然的态度。比如《墓园里的泥土和别处的泥土是一样的》——其实这首诗并不长，但诗意却很复杂，且刻意使用了这种很长句子的题目。这题目实际就是诗的主题，也是"诗眼"，其实有这么一句就够了，整首诗都是该题目的一个注脚。"墓地里的土有一些悲伤，但也不会悲伤很久"，这样的句子很厉害，因为"不会悲伤很久"，就是万物和人间的实情，刘棉朵能够如此平静地说出这样的实情，作为女性诗人是值得敬佩的。一般来说女性诗歌的特点是感情和情绪的强烈和尖锐，对待生命不会有这样"冷酷"的态度，但在她的诗里却完全不是如此，是刻意的轻描淡写。她有的触及死亡的诗写得很开阔和大气，如《娜拉之死》一首，就可以看作是一首非常成熟而丰富的作品。我没有弄清楚这个娜拉的背景，应该是一个虚构人物吧（现场刘棉朵回应说：也可以说是一个符号化的人物）。

　　这位娜拉是一个也已活到老年的女性，饱经沧桑，但她选择了一个宗教节日，非常平静地自杀了。这首诗唤起了非常复杂的潜台词，有幽深的情感与生命、宗教与哲学的延伸性主题。或许我还没有真正读懂这首诗，但我认为这可能是刘棉朵最好的诗之一，因为其内容的体量非常大。再者，就是她的域外题材很多，这些诗一是表现出她的知识视野的广阔，另一个是流露了她的某种类似"后现代"的倾向，就是有轻逸、诙谐、跳脱，和少许的"语言游戏"的倾向。这使得刘棉朵变成了完全超出地方性的诗人，在山东，这样的诗人可以说是凤毛麟角、十分稀有的。她是一个有充分的世界视野和对话自觉的诗人，这是特别值得肯定的一点。她和世界和日常保持了一点游戏精神，这也是她作为一个写作者变得更加坚忍和快乐的秘诀。这首《一本出逃的书》，某种意义上也是她自己的一个自画像，书架上的一本书突然掉了下来，"似乎它已经厌倦了和其他书待在一起装模作样"，它是自动地跳了出来，"从高高的书架上／跳下来是危险的／就像一个决意要自杀的人／但是跳出来的一瞬间／它是那样地迷人"。这样的转喻非常奇警，也是一种令人惊叹的"主体置换"，"像一个向往自由的人／从自己住了多年的楼房里／跳了出去"，把一个自杀的无意识或者一个很严酷的话题，表达得非常高级和轻逸，且完全地虚拟化了。这就是从实到虚，当然也是从虚到实的转换。我觉得她从实到虚的这一转化过程非常轻松。

　　上述发言，难免浅尝辄止，如果必须要有一个题目，那我愿引用刘棉朵的一句诗，叫作"为了触碰一下那些高处的事物"。她确乎是试图用全部的努力，去触及和解决自己精神世界的某些需要关心的问题。

《徽州印象1》

闫志伟　绘

组章

致敬霍珀

/ 朱朱

三间屋

I

一块暗礁内部挖出的屋子，
挖出的石料堆成四周的阴影。
住在附近的人亲切地称它
"午夜的光之岛"，午夜，
当泅泳者经过时，四肢
会被黄蜂般钻出窗户的灯光蜇中，
一阵温暖的麻痹，足以导致
终生羁留。不信就问问
那位白头的酒保，他来自
我们每一个人的老家：一座
被浪冲毁的码头，储藏在大脑
但远离了心跳；如今他弓身
在海的最深处，熟知用什么来
填满黎明前成排像伤口裂开的杯子。

II

固执留下了形象，但不够。
岸边的塔或荒野里的大教堂，
智慧的虹已在其中蒸发，徒留

七彩的纹饰。看，这铁道边的屋子
让我想起祖父当年端坐在家中，
要对抗随时会来的地震，
已无人信任古老的屋顶了，却也
没有谁能劝得走他。地震确实没来，
但我们都已爱上路过的新世界
——忍冬花的耳朵探出枕木
测听车轮，一种速度如炉膛的火
一闪，瞬间让它枯干。酷烈的
不再是对抗，是地平线逃往
自己的尽头，让位于面对面的遗忘。

Ⅲ

连大海也可以省略，唯愿光
到最后的一刻依旧在场，它
透视人不过是一场自愿的耗散，
像一团咖啡的热气渴望被风催赶，
很快就剩一层薄薄的黑色残渣；
它透视而不责备，如常地抵达，
顺应门窗既定的方位，如果
一面墙赠予了画布，它就用
整天描绘出你生命的不同时段，
直至傍晚时你们完全叠合，那份
默契远非大海与陆地能够比拟。
看，连故事也可以省略了，只剩
类似固态的那种波动；波动，
不就是全部？我生来从未见过静物。

自画像

Ⅰ

厌倦旧日重来，但恐惧

来日无多，恐惧我身上的
某部分骄傲缺少了体能做支撑，
该经历的都经历过，没什么遗憾，
但我作画时仍是慌乱的朝圣者，
感觉到维米尔、伦勃朗或德加在场，
我反刍老欧洲，在美利坚野蛮的厩栏。

也许我还偷过一点契里柯的光，
但懂得用日常的帷幔遮住
超现实的舞台，朴实有时是
被逼的，我无法优雅如巴尔蒂斯；
忠实于垃圾箱边的街道，陡峭的
屋顶，被凝视而不出现的远方，
我爱黎明的空胜过黄昏的空。

II
我祈祷长留人海的底部，
不要聚光灯和奖项，它们像鱼雷
毁掉过天才，而我的才能窄如
独木筏，毕生仅够负载一件事。
如果有可能，我还想收回
已售出的作品，和说过的每句话，
变成一座尚未存在的岛的草图。

再多给半个世纪，填满我
轮廓的褶皱将会从大西洋浮现，
或许它只有一扇天窗的面积，
这就足够了：在现实
薄成一层纤维、几乎可以透进
风之处，我贪婪地向外望，
而石头始终用它的内部撞击我。

夏日时光

坏脾气的楼从每扇窗里
瞪视来路，每隔一段时间
就会有一个窃贼大摇大摆地
来，领走这里的一个女孩。

血缘总是输给荷尔蒙；
一只咖啡壶砸向琴盖，
钨丝爆裂了，下水道的哮喘
阵阵发作，火警响彻另一条街。

她们也会回来，越来越少地
回来，眼角多出了皱纹，
挨近无须再踮起脚的窗台，
啜泣，却没有悔恨到真的要回来。

它笃信蚌壳的伟力，爱的
黏液，层层缠裹的绷带；
看，门廊下又一个女孩，
熟透的嘴唇像伤口渴望绽开。

二楼的阳光

I

结束了一天的眺望，我像
一无所获的渔夫往回走。

也许不应该背对海，但
我的科德角就是那片

沉寂的沙丘，固体的
光，偏执的几何学——

通往灯塔的路旁，
立着那些炭笔般的木桩。

落日还没有冷却在山沿，
余晖像钢叉插进干草垛。

沿途，仍在搜寻一幅新的构图，
但愿它能对应永恒的结构；

忽然我就看见了两个你
同时出现在阳台上——

II
一个半裸着，像粉红肉团
挤垮了鲁本斯镀金的画框；

另一个长出了银发，坐着，
平静地阅读梭罗或园艺学。

战时峭壁上张贴的海报女郎
和礼拜堂里的长颈陶钵。

喷出了马銜的热气
和辽阔的霜。

不，是海量的你涌动在
一朵无法定格的浪花内部；

在岬角般的屋顶下，

门变成了旋转门——

这是可能的：在唯一的入海口，
人至少能同时踏进两条河流。

旅馆房间

我母亲的朋友微笑着，微笑着，
若无其事地坐在自己的床沿——
其实她已经告别了所有人，
去了那家谁都会去上一趟的旅馆，
在那里她也这样坐着，但低下了
头，看着诊断书就像看着一张
汽车时刻表并且找出了最近的班次。

至今她还在这里微笑着，她的脸
偏离了古典大师们的构图法，
避让着一束天窗投下的光，
但每次凝望，我仍能不断成长；
她穿上鞋子，拎走行李箱里
那些去地下陪伴她的东西——
留下了我们在苦痛中最缺损的自尊。

楼　道

巨壑从未如此迫近，
门已先于你的脚步自行敞开，
暮色在你的脉搏浇铸，
大脑一片蛮荒；家于此刻失效，
从夕光中渐露流放地的原貌，
瘴气正翻涌，椅背在崩坏——
一场仪式的前奏：它催促你离开，

以便进行长夜里的自我修复。

（选自微信公众号"今天文学"，2023 年 11 月 10 日）

一小团夜空

/ 宇向

太平洋配乐

踢飞汽车，拨开大厦
遇到人就碾碎的声音
这巨兽巨掌掀起太平洋
自天花板冲下来

为了考古 Ramin D
我补看这部过去的未来片
低音炮托着巨兽巨大的猥琐
与它对应的另一端
亮着无助的
小女孩的眼睛
永远是这样
在屏幕全黑时，它们
令人目眩地指着黑暗

那时刻，音乐停止
电影里的小孩会得救
画面外的我
失去了恐惧，在这样的深夜
我经历了什么

在太平洋的涌动里
（海的空间大多了）
在惊险之外大量的
空水域
可以翻转穿行。也翻转着寻找
失落地。没有恐惧地
感受着恐惧。我们
暗暗护送了作曲家

海　浪

书写的动作如水

放映深海动物的幕布如水

是你永不能够行走其上的水
是无形手艺人塑型的工作室
"隔开水和水，用空气"
于是第二天，水雕塑了空气
空气围困了滂沱的水
在地球上

这是大海
在第六天，就造了理解
一种力叫理解
无限是种自我吞噬
在第六天，造出这秘密：
一片框住的无限
并且，你是最小单位的造物主

你是保密员的一员
自滩上来，到对岸

不是西雅图到上海
是一只手，到另一只
你是，一个
穿过
无限的人

一小团夜空

黄花鱼摆在碎冰碴上
他挑了条死了好久的
（我后来才知道）
和蔼的中年男人转身
到深处的水池边
用电发卷般的滚子
在鱼身上慢慢地蹭
轻轻甩着
专注又温柔以待
鱼在暗处闪烁
飞起粼粼银光
男人在那里造一小团夜空
后来每想起
这一小团夜空
他为什么
选一条死很久的鱼还冲我笑
已不重要

独墅湖教堂

设计师给了
暮色中的神明
一只巨鸟形象
在湖边教堂小广场

在永不重复的晚霞
和光环圈住的
黑云里

给了正午
阳光中的神明
要拥抱的原型
自衣袖里探出
五指张开的手
穷困的衣料如多皱的兽皮
搭来搭去许多层次
鼓动这皱褶
这层次的
理应是
一副骨架
且是
一触即散

这样的时刻
泥色野鸽子正撞上这张"石头"脸
野蛮，迅猛
不讲道理

兰波（节选）

1. 手心

医生和护士们按住我
说别紧张
放松
他们要从我手心取走
一枚子弹

我几乎以为那是我能够握有的
唯一

我握住了
一个惊叹

——它被扔进垃圾桶
粘着血

2. 洞穿

从此我可以
握住太阳
就在手心
还有龙卷风
从此我太富有
水域。远空
和非洲
更多的，和短暂的一生
我的手
走私了和平和战争
我的手不再是一无所有的
空手掌

3. 方向

两年后的黑森林
我愿你与我一起
求上帝的解救
不！你射偏了
"我希望你找到生命的方向"

不，子弹射偏了
不再有方向
我停止了写作
世界太老了
已无新事
再也没人能撬开我
和我的沉默

（选自微信公众号"英特迈往"，2023 年 12 月 6 日）

去年的雪

/ 扶桑

玛格丽特[1]

树一样高的月季！
大如牡丹的花朵
柔和又明亮的黄色
一种寂静、庄严的美——
无数花瓣重叠交错
有如灵魂，那复杂精密的构造
而当我沉思起
灵魂的美
我朋友的脸，如满月升起……

去年的雪

有些雪
一落下来就化了
一落到地上就变成
狼藉的雨水。仿佛那些水

是雪落的泪……

[1] 玛格丽特：一种月季花的名字。

每一场雪都像父亲的葬礼。自从
我们在一个落雪的日子安葬了他
每一场雪都落向父亲的坟茔

父亲像一片雪花落入大地
再也找不到他的踪迹
我也很久不去看
镜框里他那张微笑的脸

今年是雪的荒年。
此刻，雪花在空中乱飞，像一群黑压压
失巢的鸟群
热腾腾的雪花扑上我的脸

雪花别上我的衣襟——
我走在家门口
每天去上班的那条路上
我是天地间的一个孤儿

西沙湾

有比你更早到达海边的
一个光头男人和两只穿着衣服
撒欢的狗。海风猛烈
十二月蓝灰色的天空下
你的兴奋，如云

但你找不到一个词
你只是一再地沿着沙滩漫步
一直走到那礁石林立的尽头
有时停下来，默默站立一会儿
像那些远航归来、锈迹斑斑的渔船

（船上空无一人，但亮着灯）

在你脚边
浪涛仿佛被某种强力或内在的痛苦炙烤
反向弯折的灰绿色玉石崖壁
瞬间崩塌，轰然粉碎
然后，新的浪涛迅速耸立
一排排，前赴后继
就这样，永不疲倦地角斗
与一个无形的对手——

但在远望中
大海，永远匍匐在最低处
那么平静，如同婴儿的洗澡盆

家里的灯

每到夜里
爸爸卧室的灯
妈妈卧室的灯
我卧室的灯——
后来，爸爸卧室的灯不再亮了
再过一些年
妈妈卧室的灯也不会亮起
家里只剩下一盏孤灯
就像爸爸妈妈坟前的
长明灯

（有一天，这盏灯也将熄灭
不发出一点声响）

领 受

一粒
沙漠里的沙子也会
种子一样绽开
——它领受了太多而无以回报

一个夜晚，我梦见在一个高高的水柱下
浣洗衣物
另一夜，我梦见五彩斑斓的奇异之鸟

我的朋友心木

我说，喂，心木吗
手机听筒里
一个熟悉的笑声冉冉浮出
像鱼儿吐出的一串水泡
轻轻的笑声有着浓重的鼻音
仿佛她正抿着嘴
用小巧的鼻子
微笑。于是我再次看到她的脸
有着圆润的线条
和一双弯弯的笑眼
一种温暖的少女的娇憨。
我知道，这是她的声音绘制的肖像
不同于微信头像里
那张下巴尖尖的清秀的脸
（一种隐微的
月光般的清冷：长年幽居
修行的痕迹——）
我笑了。我的微笑，情不自禁

我的苦恼困惑丑陋
像群鸦呀呀飞出……
没有责备，没有教训
一个含笑的声音在我耳边
"那么你这样好了……"
于是，又一次，一缕阳光穿破迷雾

我的姐妹
你是唯一我想要跋山涉水
去看望的女性
也许，唯有在你这里我能找到
一颗真正健康、没有病患的心
彻底放弃了一切贪欲

我没有见过面的朋友心木
和两只狗一只猫
以及八十多岁的老父母
住在杭州的周边
一个叫清源的地方
多么奇妙的巧合
恰与她的灵魂对称
而她灵魂的肖像
安住在我的心里

在诊室

在那张铺着蓝色简易床单的检查床上
太多的身体脱去衣服，不得不暴露自己
松松垮垮
失去形状的肉，只余
一张蔫皮的乳房，像厨房角落里堆着的两只
空空的旧面粉袋

发黑溃烂的脚，浑身
牛皮藓的皮肤（一种丑陋
粉红的刺绣）灰白的皮屑在床单上撒落……

日复一日
一个专注精神生活的人，发现
自己被溺入其中的双眼渴望
浮出水面，呼吸一下另外的身体
那些年轻、修长、骨肉停匀的身体
不容更改的比例和线条
是一种罕见的艺术品
那些年轻完美的身体仿佛
健全的心灵本身

青天村

是雨水，把它们晕染在一起又摁下
静止键：
无人的田野，靛蓝的远山
淡墨的云空连接
灰白的烟岚……
三棵唯余骨架的白杨树，既高且瘦
把挽起裤脚的影子留给秧田
几只芦花鸡，挨个
从一棵开满了花的桃树下
咕咕走过
桃花的粉色也倒映在秧田里

白樱花树上的月亮

白樱花树上的月亮
照着不知从哪里传来的

一两声野猫幼崽的叫声

像柔软的细银丝

树下的人

左耳朵欢喜，右耳朵忧虑

眼睛还没有睁开的猫婴儿啊

藏身在野草丛中

（一蓬野草就是你的家）

不知道等待着你的

是什么样的命运啊

（选自《长江文艺》2023 年第 12 期）

半池清水揽住了涌动的山麓之城

/ 梦亦非

抽　象

我在水样清澈之晨，动身去找你
二月，道路和轻寒交叉的二月
连梭草、黄鸟和车辙都轻颤于爱意

不在一溪水流中凝眸你和另一条水溪
不从数朵山茶之蕾偶遇你灿烂的红颜
鸟鸣中我跌坐城外，那不是你的音声
你甚至不用春风的微响得意地巧笑……

是的，她们说远山新叶之香，说小兽之香
她们说宿雨后泥土气息来自异域之魔瓶
这薄嫩的鲜味：太阳山与江水唱和的爱情

"那座整日整日闲坐岸上的雨水城市
也未触及她，就算洒尽了一天的熙阳"

你甚至不在我的想象中，被意念所左右
这些晦迷的词语不是你藏身之密林——
但是我知道，亲爱的，你住在我之内
就像一直住在万物花开的刹那……

未　必

今夜注定我不会去想你，亲爱的
我只想那星群扑翅飞过的声音——
高而且远，远远高于人类的思念和屋顶

我将献给它山茱萸织就的花环，亲爱的
凝声静息，一个人在黑湿的街道上穿过
献给它棉布一样的爱、棉布裹着的小小灯火
献给它，我是一盏小灯为之在风雨中穿过

它片刻不停地越过美梦和城市的命运
它渡江，也不曾被潮水扰乱了方向它
没有方向，就像一群为我而现的声音

"在人类梦想窒息的地方我放下爱情
亲爱的，我说我也不热衷于梦中幻影"

只应和着群星扑翅飞过夜空，天外绝响
像这只水鹤为大风弯过它素白的腰身
但是，亲爱的，我仍然不在爱情之外——
你的歌声一直从飞翔中传诵：为我的倾听

将　会

亲爱的，其实我一直就闲坐这大道之旁
你也说我一直坐于大道，但是你看不见
来回地找，尘土飞扬的春天一路向西……

如同正在到来或刚刚到来，我就在这里
碧城之门口，如同正在离去或刚刚离去

但是我比正午之阳温和、静寞，像指尖之花
对你含笑，就算我大声召唤你也不会听到

我知道你就要找着我了，从一滴雨的幻影、寂灭
到另一茎野薇的招摇，我知道你的希望和执着
亲爱的，你却在实相和幻想中追问我不变的爱情

"过尽千帆皆不是。"我就为你坐在这里
坐在春意盎然的江畔，不来，当然也不去

是的，如果你驻足，如果突然间失却了言语
像一枝岩柳停在恼人春风的间隙
我就在尘香的大道上向你会心地显现
亲爱的，我就是你，是你脸上恍然绽开的美靥

总　之

梦呓里你说吧，我也会发出声音
是你软而浅绿的声音。引来了莺啼
亲爱的，说我在梦深时同样守着爱你

你行走在青石的旧街道，比晨风慢一些
我就晃动，像薄薄的縠皱波纹
——半池清水揽住了涌动的山麓之城
亲爱的，说我在每次漫步中爱着你

使你在凝望中目击城外芳洲烟树
两凫相依：天下真诚长会合
在油壁香车的帘缝，说吧，我爱你
"并且在一枝青蒿的叶上对你微笑
在每次微笑时让你遇到了自己——"

亲爱的，我不停地在你莎草的躯体内爱你
宛若蓝雾洗过的窗下之花，干净地爱
但是你摸不着，坐在灯火黄昏也摸不着
我也从你的欲言又止中，顺便爱自己……

之　间

我只想停下来说一句话，天又落雨了
亲爱的，我只想说一句无用之话
雨只想赶快落到细草的叶缝间去……

从雨点中我碰见你的笑声，许多脸
是一张脸，但白鸥和碧城都不曾相信
黑夜听见潺潺水声像那美丽的错误——
打黄昏流过。他们说你不是归人，是个魂魄[1]

但我仍然看见你是落下的雨滴，是雨滴找到的
瓦楞、雉堞、泥泞的二月和春宽梦窄
甚至是"落下"这个动词、那个发音的孩子

亲爱的，在这座古旧之城我就是你
是你落下的一滴相思之泪，从苦到涩——

我们都是你的部分，紧紧抱在一起却不是你
亲爱的，我们紧紧抱在一起并非不是你
就像暮霭大地消隐了雨之形骸，亲爱的
浑然中我停下来说，"你只想念你自己"

（选自《诗刊》2023 年第 20 期）

---

[1]　化自郑愁予的《错误》。

对不起，我必须道歉

／ 曹东

道　歉

我的脸颊抄袭父亲
我的胃疼抄袭母亲
我的第一封情书，抄袭星空的孤独
第一次用指头牵你的手
抄袭鸟儿出壳，轻柔的
那一下磕碰
对不起，我必须道歉
原谅我活得没有尊严
我活着，每天抄袭你们的活
我死时
也不得不复制别人
完全用过的方式，去死

送　葬

一群人抬着一个人的尸体
走在离开的路上
也可以说，一个人的尸体带领一群人
走在回去的路上

独　步

夜色不会让真相熄灭，今夜
月亮铐住山顶那个人
而星星
在背景里游行
浩荡的队伍渡过童年记忆
哦，人世了无痕迹
我就是看不到时间尽头
历代的月亮，铐走的都是我的替身

一把剪刀无法修改大海

我向大海扔下一块石头
把大海垫高了一点
幕布一样的大海
人民一样安静
一把剪刀的锋利无法修改

逃亡记

有时我的身体是一个狱警，我的灵魂
不过是一个逃犯
它们的距离
正好等于一次噤声
另外一些时候，我的灵魂变成了狱警
身体却是一个逃犯
不得不把自己，从人群中
用力拔出来
身后留下，一个比人世还深的盗洞

许多灯

许多灯，在我身体的房间
亮着。我轻轻走动
它们就摇晃
影子松软，啮咬一些痛觉
我上班下班，挤公交车
陪领导笑谈。十年了
竟无人发现
只在一人时，我才小心地打开
并一一清点，哪些灯已经熄灭

高　原

汽车在高原行驶
明月悬挂前方
硕大
圆润
与方向盘几乎重合
让我瞬间
产生了幻觉
仿佛独自坐在地球上
手持月亮
驾驶着整个尘世
颠簸前行

抽　屉

从黑夜缓缓地抽出白天
摊开在面前的生活
不过是一些杂乱的物件

举起又放下
生活的抽屉
悄无声息合拢
不断反复
生命被抽空
像一张抹布
在擦亮几件东西后
蜷缩在角落
那擦亮的部分
又能保持多久不会生锈

花　园

长椅弃在身后
席地静坐
我脸上的螺旋皱纹，和一朵花并蒂开放
没有预约
一个人的秋天，就装饰了
这春天

西　行

万物归于沉寂
在念青唐古拉山顶
我和一只蚂蚁
分食半吨白云

念青唐古拉山是座庙宇
风为倒下的石头
念经

散　场

一个人在大街上走
走着走着
就哭了
那么多人
闹麻麻
那么多人还是孤独的
人越多越孤独
眼泪越少越悲伤

平　衡

深夜，在农家院落里
看满天星斗
如果用线，把它们连起来
就能编织
一个真实的天国
多好啊
天国盛大，我住在这个小院
和它保持平衡

借世避雨

我的屋顶歪斜，此生寄托于樊篱
昨晚做一梦
发现身上
活着一只童年时代的虱子，藏在皮肤皱褶里
已经白头
天光突然大亮，彼此惊呼故人

如是愿

选择一个小国选
择一座小山
选择一间小庙
庙里一个人
人身上养一只虱子
虱子立在头顶
被满世界的月色照得
透亮

献　词

黄昏从四面包围
天空垂落
一棵树抱起整个旷野
只有好人压低翅膀
回到裂缝中的人世

（选自微信公众号"一见之地"，2023 年 10 月 24 日）

如此远，如此近

/ 刘晓萍

两　行

风中不能自持的菖蒲抱着我
就像我抱起污水槽中的烟灰虫

*

逆风的旅程中
白鹭和黑鸟都有各自的天际

*

为了与失眠症抗辩她走到有神龛的树下
为了在昏眩中歇息她将迎春花收入琴匣

*

在被斩首的芭蕉树下坐了一上午
写下的，都已全部删除

*

听贴地的筋骨草耳语
这个我已化作泥土

*

春风中风语

旷野也有欲望的密室

旷野晨露

向芭蕉林去

流水分置于不同容器之中。

这里不允许急迫

漩涡会有另外的告诫。

她贴着枯枝，坐下

晨露停在霉斑上

霉斑从芭蕉晦暗的尽头渗出

这里不需要默祷：

鬼针草早已献出洁白的

花朵，穿越芭蕉的沉寂怒放

她坐在这长影里

凝视日光寸步位移。

她为激流在漩涡中的轰鸣沉醉

仿佛深情的爱正向所爱告别。

她存在于世

只是为了练习告别——

从芭蕉转向旷野

她又俯身漩涡近处

你看，这漏洞上的盘踞

多像一支圣曲伴奏的舞蹈。

钟情的餐厅正在歇业
——给韩博

在我屈指可数的饮酒史中
这一次，杯中物溢出。
假如世间没有废墟
我们都不能画出它的形象
唯有调色盘灼烧
它自身的一小簇火把。

是口味想象了餐厅
调味品构成我们生命的景象。
钟情的餐厅正在歇业
细雨停得到处都是
从黑夜脱出
形象并不消散在现实中。

细雨与花同源
就像稍纵即逝的那一声闷雷
是惊奇和困厄——
它的重要性则是杯中物难以交代的
拉动琴弓的瞬间。

应许之地
——给马休

如果此刻只有幽暗
作为对应物
光必然存在于应许之地。

漫长甬道中的痛楚也有宿命的喜悦。

我试图画出这筛子
它不完全是筛子——
黑色漆铸没有阻力的平面上
星辰缩小成斑点
白得近乎凝固。

内室如果灯灭啜饮的餐桌上将只有虫洞。

我们的
这一壶热茶
以暗物质倒进杯盏。
哪有酸甜苦辣——

是糖和奶想象了苦涩，是苦想象了生命，
是生命想象了死亡，死亡推动万物
并在不同形象中显现。
匡正爱——

啜饮，啜饮，只管啜饮。

当甬道迫切地凿向光明
寂静也在内室铺展。
苦与乐是同一个词
从天而降的雨雪消除种种颜色。

小 径
——给流水

浓雾和暮色联手移走群峰
黑鸟独自在飞——
偶有俯身

看着小径中人。

野草和荆棘如此繁茂
牵住脚踝
也牵着神龛。
黑鸟采摘它们
将之建筑在高高的枝头。

小径中人还在
咀嚼，那些刺和苦涩的浆果。
残月不时抛下作料
你看，苦也不能单独抵达肺腑。

黑夜令所有翅膀隐匿，而
歌穿透雾霭。
歌中战栗，歌中宽宥
比被黑夜剥夺的一切都要绵长。

它倒下了
——给黑妮

嚼一棵芹菜，茎蔓如古柏
有三吨雨水缠在其中，
刺绣般绵密。假如我绕过体内的构思
将它就此咽下去，这关于芹菜的
经学践行，方言反复重申它的立场
从藐视开始，到教养终结。

感谢盛夏来临，让日光在
晚餐与清洗之间有一小段回旋。
让我们来谈谈餐桌上的激流——
胃中块垒，舌下瓦砾

逆流而上，顺流而下。

你看，刀叉已变得迟钝
在你我共享的桌面上
最后一小块甜品，倒下了
"它倒下了。"我叙述。
"它倒下了。"你复述。

暮　晚

当你走向暮晚
山鹰从灰烬中跃出。
尾翼上的风声
令小径变得弯曲
一个秘密的圆环——
这更新钟摆的
翅膀上的
语言，跟寂静联系在一起。
当你走向
暮晚，苹果树越来越亮
你始终对那果子负有债务。

如此远，如此近

你坐在回廊上
黄昏的穹顶下风有很多爪子。
咫尺，蛇在林中穿行
它正在枯枝上寻找什么——
一阵心痛袭来：
"你可以清空对我的所有印象。"
夜的另一面
太阳正在描绘

春天里的鸢尾花序。
你还有恐惧
停泊在蛇的软体上
之前的描画
颜色，裂开的
枯枝，已撤销全部支撑。

夜宿春蓬

整夜我都在洗一件白衣服。
引海水入室
用尽洁面泡沫
镜子撕开一层再进一层
白得多么旧啊。而
每一个针眼都是全新的。
指尖和流水都碎在这白上了
我眼睁睁看着
灰烬从镜子里溢出
为白所溢
服从这场洗涤。

（选自微信公众号"摄影诗"，2024 年 1 月 10 日）

大海燃烧的时候

/ 李龙炳

小环境

雨突然停在半空中，
我正在洗碗，白色的泡沫迅速散开
时间就过去了三年。

一件外衣挂在身后，
几朵跪下的云在田野认亲戚，
我口中的雏燕试飞。

内部小环境，已经不去计较
人为什么这么胖，
理想暂缓，星期天要文身。

一个人在一本书里，
担二百斤恒河之沙。文字在推磨，
粮食不停地旋转。

世界微苦，机器尝了一口，
会计在记数：一个指头，两个指头……
第十一个指头从天上落了下来。

沉默的庄子

我对一位女校长说，
你能不能教育蝴蝶？
她就命令学生们扇动翅膀。

几分钟之后，
她就是一个陌生人，把纸折成
人间最小的脸。

蝴蝶的技艺：在大合唱里，
找到沉默的庄子。

学生背唐诗，
嘴唇温暖。
三轮车在这个冬天彻夜轰鸣。

我把眼镜擦了又擦，直到我能看见
雾中的权力机关，
我就放心了。

一窝尚未睁眼的幼鼠被农民发现，
这是人间的另一种悲剧。

边　界

城门外有人玩草书，
墨汁的饵料，投与虚无。
消防员出警，扶起空气中的稻苗，
我已知田埂太小。

设计院在设计天气，专家和几朵乌云调情，
天上的水乃庞然大物。
电线断了缠着几枝桃花，
比真理缠得更紧。

"头发，谁的头发，
在青花瓷的碗里……"
我把头提起，像一个古人，
到乡村投医。

竹篮打的水在洗煤，
交头接耳的蚂蚁，在刮地球的灰。
有人在猪圈里点焦糖玛奇朵，
"老板，咖啡上面拉一朵玫瑰。"

在装满棉花的仓库里，
不能塞进更多苍白的脸。
世人总有发霉的米，
丢弃在各自的边界。

永远的理由

戏剧里的纵火犯，
吃一两黄铜，
吐半米火焰。
烟雾中捡烟头的少年报名参军。

偶尔出游的一代，
左脚偏长，右鞋渡江，
飞机在天上为乌云背书。

小石猴，虚构三万里。

不劳而获之夜，你拿着大小王，不能自已。
头脑中一秒钟分封诸侯，
赢惨了，一抽屉火山。

肥皂把你越洗越小，
这是我拥抱你的理由。

来时高山，
去时流水。
来来去去，时间删除甜蜜的火车。

你的外省

你有魔术师的冲动，
把一条白蛇，当街变成青蛇。
蛇身上的符号，
要么是爱，要么是恨。

翅膀挣脱万有引力，
有人死了，名字和良心对称。
屠宰房里有倒挂的猪，
厨师却在背天上飞的菜谱。

后来是一首歌，
但记不住歌词。
老板的结石在腰间发光，
太阳在手术台上流血。

光的速度太快了，
风累死在灰尘里。
自己在自己的阴影里乘凉，
小人物躲过一劫。

自己的伤口，
自己放盐。自己的雪，
自己落。存在即首都，
你是虚无的外省。

不　急

可以咬牙切齿地面对生活，
这是一部分人的伟大传统，洁白的牙齿
敏感于冷热酸甜。

当手指压在钢琴的白键上
不必歇斯底里。朋友在电话的另一边
他过桥，走了许多年。

钢琴不是你的生活，朋友也不是。
好事连连的真相也许不一定很美。
你刚看过的一本书，大部分人没有读过。

这么安心的早上，
不带身份证依然可以走很远的路。

一分钟，你分清了鸽子和斑鸠。
人心在灌木丛中，
仿佛是弗罗斯特选择的那条路上的遗产。

不急，是一种美德，
你还有足够的时间写《登烂尾楼赋》。

僰人悬棺

1

死的风景，付与山水
谜团如玉，猜空气中
凹进去的历史。"悬棺像一节运煤的火车，
突然停在了我的面前。"

不再吃惊，置身此处，
我就是其中的一部分。
形式上升或下降，内容冷冰冰，
来自一个人的博物馆。

人群中有千山万壑，
诗与死，已没有必要在书中
寻找复活的答案。
我反复在这里纠结鞋中之沙。

觉悟的人，心挂在悬崖上，
沉默是否可以和万物交换。
悬棺刚好漏下几滴鸟鸣，
轻微的力，幻觉排斥幽怨。

2

筑路的民工头顶有火焰，
总有一条路通向悬棺。
我是谁？我所质疑的
是悬棺里的永恒瞬间。

僰人只存于一滴雨中，
从伤口里提取万历年间的盐。

麻塘坝，穿过汹涌的方言，
抵达天空之上的蓝色葬礼。

诗歌考古学，樊道县
有一片雪永远不会融化。
一直在，在，一直在，
未来是无处不在的雪意。

比砍下的头颅更真实，
悬棺里面还躺着一枝蜡梅。
司马相如写《喻巴蜀檄》，
牛皮剥下偶像，黄昏降临。

3
樊人即诗人，虚构天空之城，
悬棺里的人是否也会头痛。
散列通，是另一个星球，
修辞的剪刀，对着彗星的尾巴。

皇帝要用黄金敲打，做成
远方的样子，但这不是诗。
夜郎的月亮，上面依然有
樊人的新娘，她吃几缕光线。

高处的台阶有点软，她想到
膝盖里有沙子，便慢了下来。
有人从乌云中抽出闪电的族谱，
证明自己的祖先是神仙下凡。

活着就是为了掏空一棵马桑树，
刀斧惊动了木纹中的轮回。
盖棺定论前，死神经常走神，

像黎明，在修改一首黑暗之诗。

（选自微信公众号"未竟之旅无尽之河"，2024 年 1 月 16 日）

空中悬停图

/ 马嘶

如这微光不可摧

苍鹭刹那飞过，一条灰白的光束
还在弧形的气流中蚕丝般
颤动。它就隐没在湿漉漉的屏障中
那因午后一场骤雨浮现的
釉绿。松脂的香味远远袭来，古老之树
目睹了年轻的人们在笼舍
反复积攒苍鹭从枝头、浅滩和
沼泽遗落的光，用光编织的圣殿如
巨茧悬停空中
我难以辨清置身的世界有无永恒的
坚固之物，如这灰白不可摧

大象独自穿过

渴求的盛名留在了
灰烬，善于遗忘者才会阔步踏入春天
回家的旅程漫长而艰辛
允许亡故的人在世间口口相传
要记得每个路口
寒衣相送，不灭的火焰往往燃烧在冰凌

为活着的无力小声啜泣也
放声痛哭，这是一种
物伤其类的隔空呼吸
仿佛一切结束了
而服苦役的人在莫比乌斯环中永无休止
沉默普遍如怯弱被积雪覆盖
红色的大象从我血管独自穿过

秋兴寄子美

我又坐进了江村，与同学少年深夜
宿醉后，双双身陷无限之贱秋
燕子自唐故飞，断饮之诫
一次次破除。举目江水郁郁而不知去往
此刻，我手中捏着一只蟋蟀
不知掷向何处。它死了
昨夜最后一曲绝唱并未将我唤醒
近日愈加目盲和耳鸣，所见所闻之事甚少
这副俗相，已羞于人间晃荡
还有我那倾囊半生
引水开渠的溪泉，也全然枯竭

小提琴独奏曲

槭木凌驾了颌骨，进而收复颅骨和
内耳。它打开了一座森林
一片海域。动物学的奥秘在于幼态延续的
溪泉中，我比年轻的流水
古老了些。俯身下去，骨骼接收到
石头内部里你湿润双唇细微的呼吸
鲸在枝头，鸟在水中
一个无人主宰的世界，我们从未分离
如同你左肩与下颌震颤之中，欲望的渊薮

寄居在倒立的柳叶

一首诗不自觉地走向示弱，越写
越无力。阅读它的人从深渊里打捞起作者
搀扶他寄居在倒立的柳叶，他们此时
拥有的力量，等同白鹭置身于冰面

凝　固

他一直躬身田间，几十年来我看见的
这一幕，都是同一幕
天光照料这片山河，于他而言
时间刻度模糊，得以年计
这里没有什么大事发生，昨日和明日
无甚区别。他支配不了谁
收成也是看天行事，一生埋首
旧的土地，劳绩不被传诵
夜幕低垂之时，恍惚中
他重回大地，默默承受着雾霭的凝固

在历代想象中重生

当你看见朝阳挂在枝头，某个世界
却已坍塌。但你一定不曾听见
暮色里翩飞的百鸟在夜晚树梢上集体发出的
鸣叫，重建了一个声音王国
这些所见所闻，真相不必获得
自然一切有着缜密的律令
那供奉青山的，也供奉流水。我们只需
光的幻境和黑夜之声，就足以被人世认领
轻盈自在之鸟
就会在历代的想象中一次次重生

卡在过去的时间里

林中有井，鱼在树梢上穿行
写下这一句，我卡在了过去的时间里
不能动弹。几尾小鱼
还在醴泉里守着斗方天空
森林湿润的芬芳和孤寂同时涌来
一种平衡的单调，永恒的
自然更替，哑默世界里的生死，清晰的
宿命。一切均已固化
季风如期吹来，鱼只活在某个时辰

目盲的飞翔之物

背负天空之空。无限循环的灼伤
他黝黑皮肤因曝晒而燃烧的
油脂，血痂的余烬至今仍在我肩头复燃
烁石般的烈日
曾使山野一切飞翔之物折翅
和失聪。针尖，麦芒长满了肌肤
我们吞下滚汤的铁屑，炸裂
在蝉的腹部发生
那死寂而沉闷的夏日
还在后来独自追逐过的晨光和星光中
一次次炙烤我。与日逐走的父亲
早已道渴而去
我在皮肉之苦和灵魂之渴的两极
追寻的光，不过是
因黑暗而生的个体意志

世界如此之大容不下一场雨

/ 葭苇

冬 鸟

整个冬天的冰压在趾上
双脚通红，与体内的冷相连
挣扎着升腾像在冰面觅食的鸟
——你会以二十岁的死亡定格我的眼神吗？

城市里，街灯仍替下坠的人招摇
道路只有在这时才不弯曲
你不喜欢弯曲，我知道
在草原，风不会掴打迷路的鸟

或许，地平线不存在正反
从那里消失的就会从那里回来
只要我倚着门框，看

如果你仍选择不日启动冬眠
就在我常常绕行的湖
躺平身子，一如镜面
当你与天空交换自己时
我与你交换我

我爱你

从你的唇，抵达我的唇
除了口型，它还拿走了我的什么？

手因赤裸而流汗
它扛过面粉袋，掂量过几枚小钱

如今，它张开
把微烫的舌尖关进去

然后，把音符撒进
他因刈割咏叹而嘶哑的喉咙

那是我们为彼此诞生的词语
像海滨的葡萄园缀满清湛的
可以相赠的果实

——仅仅是不要轻易触碰
也是一件快乐的任务

夏　日

这就是为什么我喜欢在这片树林走
果实低垂而丰盈
允许鸟儿轻易抵达

人的抵达总是更轻易
当有人问，为什么不？
原谅我吧
我的卑怯和土门楣

并未
度过离别如度过一场节日
最后我坚持
语气词盛大而语气平静

那个如湘绣一样秉承着
热烈秩序的身影
正走向海的另一面
在某几个年龄
该多么庄严地笑，和失联

卸掉眼泪后
身体也简陋了一些
不虚此行了

待零星细雨偷噬出
一个英格兰老人
我已早几年
成为另一个老人
已能就此事
咂味一颗橙色的果实

说起
我曾见过那样一个人
她在蝉声最密处闪耀如日

词　诱

只要十步
就能回到空空的俗念
近了来又远了去

单单"空"这个字
就已削弱了"俗"的力量

强悍的少女和枯瘦的老妇
总与"美""满"纠缠
在身体找到寒冷之前
在语言找到善言者之前

迷　园

> 永恒的女性，引领我们飞升。
> ——《浮士德》

所有盛大的平静，都在这里
——她必然有合适的位置。

在薄地，花的褶皱不深
不浅，像新母亲丛生的妊娠纹。
黑蝴蝶和白玉兰，拒绝
被提炼出红。你已生在水中，
无须被色彩布局。

青草的眼睛，不是一定要
找出，那叫蜜的东西。
也并非一定要燃烧，是霜果
就不希求于一把火的拯救。

透过落日盈满的热力，
风，从地底，慷慨举起
红泥温暖过的新枝。黎明前，
一定有某种震悚银河般倾泻。

当雨声出现，我们料想
一场尽头：那未来的信物
究竟是硕果，还是败果？

没有人知道一座迷园独自拥有风雨。
与天空不同，它把风雨读作飞升。

雨

雨没下透。
世界如此之大容不下一场雨。
每一场，都奋力排空我。
每一场，又都将我推倒在地。
人人都精通打伞而我无能。

雨的蓝被一只猫眼牵走，
顺给海。已没有年代
记得起，那年甲板上的事。
比海重的，只能是另一座海。
而海海相连，我在崖边
行乞，杀害会流泪的水鸟。
以雷暴，点燃皮肤下的黑藻。

回来吧，不做恋人我们只做朋友。
我发誓再谈起你时，我已不是那个
看雨看到失明的人。

母亲河

女人的身体
一生

可产 400 颗卵子

生命开始于
被狂暴地占有
世界交给她的第一颗果实

天黑透了
饥饿就变得险恶
揣着毒饵的人
鱼贯而至
渡河

一点点暗下去的河水
像不像
一点点暗下去的一生？

——谁是另一个我？
——另一个我载着谁？
——谁在我体内？
这物种的本能竟无法被荒废！

果实丧尽
才变得轻盈……
在古老的方言里
"船"和"床"共享一个读音

六月果实

他总是将世界上
另一些地方的光亮
塞满我的冰箱
——大地的表面多么辉煌

口齿间流转着光阴、香气
还有方言的时候
我和他互相热爱

就像果子在枝头
互相热爱的时候
也在烈日下
等待干渴的路人
讨口水喝

果子晃在空中
从不轻易落下
每一颗，都能找到
愿意为它洗澡的
云层中的一朵

他也和果实一样
信守着农历
把爱结成饱满的姿态
等你采摘，圆溜溜的
他的眼睛，也亮得出水

六月，我的心
和果实一样结实
像少年时在乡间小路上
被他紧抱在怀里的课本

（选自微信公众号"无限事"，2023 年 12 月 27 日）

孤　岛

/ 杨泽西

雪

天空通过雪把内心的空转述出来
只有少数人读懂了这种语言
多数人通过水去理解天空和自己

下雪，是因为天空有表达的欲望
鸟停在树上，成为雪的休止符
停顿中，往往有最真实的回声

雪一片一片下着
如同在完成一部巨著
一个雪人在书中被塑造出来

它模拟着人的形状和姿态
仿佛我们就是雪虚构出来的人物
然后被阳光一点一点带走，慢慢消失

最后什么都没有留下
唯有语言，被心灵翻译出的语言
永远留在了大地上

而诗，是内心的语言，内心的雪
它塑造着一个人灵魂的形状
在诗中，他听见并确立自己

斜　坡

桉树在自身的安静中获得了鸟雀
在沉默中你能感到树枝轻微的痉挛
光从树叶的缝隙里滑落到地面上
蚂蚁钻进落叶形成的庙宇之中
土地有心结的地方便有了斜坡
后来风带来了草籽，草带来了虫卵
斜坡便打开了自己
有时你看到斜坡是向上的
有时又是向下的
斜坡一直在那儿
并未提升自己的高度
它只是在自己内心的平面里倾斜
生活里没有高山
我们一生都在攀爬自身的陡峭

活　着

蜜蜂的身体里含有毒针
鱼的身体里长有利刺
蝴蝶的美是一种危险

为了守住甜，蜜蜂交出了自己
为了自由呐喊，鱼刺卡住了喉咙
而活着，本身就是诱饵

一枚钉子为了刺穿黑暗看见光

陷进墙壁里再也拔不出来

为了证明自己活过
我把诗的钉子嵌进了肋骨

刺　槐

风消失后，刺槐陷入了
叶子各自沉默的孤独
但风不是树的语言
它的阴影才是

偶尔有鸟鸣
作为它的修辞被我们听见
但我们听见的
并非是刺槐想要说出的

在阴影中，你能听到
刀斧砍伐木头的声音
那声音来自过去和现在
也可能来自我们的体内

但在阳光下你只能听到风声和鸟鸣
一棵树很难表达和成为它自己
多少年了，刺槐一直都站在这里
紧紧守着内心里的那些雪

柿　子

如果秋天变冷
柿树就会在枝头挂起灯笼
橘黄色的灯光

温暖空气和人们的眼睛

一想到冬天即将来临

鸟儿们还没有搭建它们的巢穴

青草就止不住地枯

枯到没有重量

鸟儿就可以轻易衔走

一想到有些虫蚁和小兽

还在忍受寒冷和饥饿

一些柿子就奋不顾身地往地面上跳

总有一些人还深陷在困境里走不出来

就像一颗被藏进麦垛的青柿子

四周全是黑暗，但最后

它仍会慢慢成熟，变甜

河　流

如果非要确认一条河的源头
我愿意相信它最开始就是
人间的一条裂缝、一道伤口
需要水来缝合

时代的雨水从一首诗里倾斜下来
于是一条河流容纳了
一段历史的泪水和回音
承载着万物的倒影

一条河的命运就是永不停息地流动
就像西西弗斯不断地推动石头
而诗歌就是无数词语不断地站出来
去完成它自己

河水是这世上最柔软的事物

诗歌是一个人内心最柔软的部分
每个人的身体里都有一条河流
它在深夜里静静流淌

露　水

清晨的露水为跋涉者所见
裤脚里浸满了昨夜小草的心事
走着走着，露水慢慢变成了天上的云

云知道的事我们未必知道
比如我们看到的云
其实是人间蒸发掉的泪水

每一个躲在黑夜里哭泣的人
都曾是受尽委屈和苦难的人
他们把泪水伪装成了露水

一滴露水就像一个婴儿
它用哭声表达自己
而长大后的我们已丧失了这种技能

每滴露水里都倒映着生命的缩影
万物皆有忍耐和难言之苦
它们借露水完成了一次哭泣

写　作

牧羊人在等待着最后一只白羊啃食青草，
等它吃饱了他们就能够一起回家。
牧羊人扔掉绳索拿起刀具，就变成了屠夫，
屠夫被大雪覆盖最后又会变成白羊。

他们都是为了活着，为了填饱肚子。
而作为人的羞耻在于他是以上三者。

想到齐白石不曾出名时，
用自己的画去换农夫的白菜，
而农夫并不答应，
后来齐白石的画能换万亩白菜。
我当然希望一首诗能抵万两黄金，
这不是写作令人羞耻的地方，
羞耻的是我既没有救出我自己，
也没能把白羊脖子上的绳索取下来。

孤　岛

是很深的那种大海的蔚蓝
形成的孤独，吸引着它
让它决定分裂出另一个自我

群山被它慢慢推开
只有它留了下来
成为自己的中心
成为一座孤岛

作为海的伤口
它容纳一切海的低吟
和呼啸

词　语

夜晚是一只巨大的墨水瓶
有人在里面自由地遨游
也有人在里面慢慢溺死

而白天是一张可以随意涂抹的白纸

一部分的我们生活在白天
另一部分的我们生活在夜晚
我们都是词语
名词，代词，副词，助词，形容词……

有的是褒义词，有的是贬义词
有的则是中性词
有些性格比较相似，它们是近义词
有些性格恰恰相反，它们是反义词

有的词语非常敏感
它不敢轻易地被说出，甚至会被删除
有的词语它天生意义宏大
常常被拉出来站台

有些词语天生勇敢坚强
有些词语生性胆小懦弱
词语本身并不复杂
它们在一起时就会变得复杂

一些孤独的词语找到另一些词语
就组成了一首诗歌
而诗歌毕竟占少数
多数在小说中成了故事的一部分

一首诗歌的伟大之处不在于词语本身
而在于词语内心深处要表达的意思
每一个词语都有存在的意义，都不可以忽略
因为它们都是汉语的一部分

（选自微信公众号"新疆诗歌"，2023 年 11 月 15 日）

写一行天鹅之诗

／ 李庄

孤旅或同行

看看窗外风景
瞥一眼酒店房间的陈设
轻轻关上门，走了
这个城市有一位诗人
早年通过几封信
之后，再无一丝消息
现在还记得他几句诗
哦，走了，未见过面的朋友
在早晨，就替你
对着大街上的人流
道一声：早上好
在夜晚，就冲车窗外万家灯火
轻挥几下手
再见，晚安
好像这是我住了一辈子的城市

致汉娜·阿伦特

阿伦特，刽子手也会流泪
他看着母亲、孩子，甚至一朵花

流下纯洁的泪水

但是，他用这泪水
在一块"平庸之恶"的石头上
磨刀，然后在琴键上舒展酸痛的手指

天鹅之诗

北方越冬的天鹅在清晨
用封住嘴巴的冰块说话——
沉默、清澈、晶莹在阳光下一滴一滴
直到中午这神赐的语言完全融化，汇入
天鹅身下大湖整体的波浪，起伏……
而天鹅的游弋在自身之外，
仿佛不动。
天鹅的起飞笨拙、迟缓，
有时会被一只猎犬迅疾一跃，扑住，
在土地上摔打自己过于骄傲的翅膀，
而天空兀自高远，蔚蓝。
这令我想起翠鸟，
子弹一样射入水中噙一条虫子大小的鱼
已回到小河边枯枝上享用，
然后用巧喙梳理一下自己精美的羽毛，
在南方温暖的午后小憩。
哦，天鹅是笨拙的，仿佛负载了
太多、太重的东西。当天鹅艰难地起飞，
我攥着的心一下子轻松了起来，
仿佛也与天鹅在凛冽的高空气流上列队
展开身心滑翔——
写一行天鹅之诗。

蜕　变

蝉虫从泥土里爬出是另一小块缓慢移动的泥土
身后的小洞幽暗——它竟用了十七年
爬到这棵柳树上
恰好被我看到它在壳里的挣扎
背上裂开一道缝隙
抖动、抖动、抖动，它终于钻了出来
在月光下，它是软的、白的
唯独它的眼睛先天就是黑的
它的身体逐渐变硬，变得黑亮
蜷缩的翅缓缓舒展由乳白至浅蓝至透明
而隐身翅中的一张黑色的网也优美地随之张开
它离开蝉蜕离开这养育并禁锢了它十七年的壳
向树头的绿枝上爬去
哦，我理解蝉在短暂夏季中声嘶力竭的鸣叫
但我听不出是赞美还是诅咒
它从壳中挣扎时的一阵阵抖动
使我的肩背紧张得酸痛
我已在不知不觉中将半生的力气借给了它

妈妈，钥匙挂在我脖子上

妈妈，钥匙挂在我脖子上
放心吧妈妈，钥匙丢不了
钥匙还在胸前
悠荡。我刚刚用它打开家门
先把粥熬上，再洗菜
等你回家，一阵锅勺叮当，一家人
就在一盏灯下吃饭
爸爸还要到春节才从格尔木地质队

回到德州石油机械厂，一双大手
从烟草味的羊皮大衣里掏出牛肉干
巧克力，尼龙袜子带着体温

妈妈，钥匙还拴着细绳挂在我脖子上
它一点儿也没锈
一下、一下，轻敲着胸口
我咔嗒打开那把烟台三环锁
推开已不存在的家门
你坐在时光的家里，回头一笑
针锥在你乌黑的头发里一划，又低头
给我和姐纳鞋底，那时妹还在你肚子里
那盏灯真亮呀妈妈，窗外的夜真黑
咱家的两只鹅一左一右
守在门口

（选自《诗刊》2023 年第 21 期）

该爱的都已爱过了

/ 金铃子

这几天

这几天都下雨
这几天坐也不是，站也不是
这几天我把自己淋了又淋
洗了又洗
总算把一具白骨洗出来

这几天我又在白骨上画了又画
总算画了几个器官
总算画出一张人皮来

不替先人丢脸就好

雪落不止的时候
就升起一种想入非非
穿一身簇新的衣服
在空荡荡的城南村
扫雪
把雪堆放在破旧的石狮上
敬它三杯淡酒
谈天大的事，瓦解冰消

直到石狮咆哮
我便附在它耳朵上说
"江山热闹，都是假的
不替先人丢脸就好"
它果然明白
果然，把心放下

这小鬼，厉害

我只是给母亲说
今年遇见了鬼
这鬼冬不见光，夏不见风
隐藏得深
突然显形，难免要咬人

母亲给我床头挂了小铜镜
镜子上还画了八卦
一宵易过，又是天明
铜镜"啪"的一声，碎了
母亲过来
诧道："这小鬼，厉害
恐怕在下面也是有职位。"

常在河边走

也想喊一声"逝者如斯"
也悔思过，爱如流水
有时候，水也漫过头顶
只是我跌下去的地方，想来很浅
只弄得我满靴的泥
弄得水里的冤魂们，悻悻的
我每天写《金刚经》

超度他们
我身体里有几条了不起的河流
山高水急
它们时时刻刻等着
把我淹没
把我变成它们的神。或者鬼

已经没有什么

已经没有什么事让我生气
已经没有什么事让我欢喜
已经没有什么人
让我擦粉、戴花、妖啊娆的
每天，我穿着破旧的工作服
从加州走到国宾城
从国宾城走到加州
母亲说，你这样子
别人还以为来了一个疯子

那么，这个疯子，这个神经病
每天，走在金龙路
走着走着就把自己走丢
走成人间生活里的一处败笔
吼一声：倦了倦了
大道总是虚的

诗什么也不知道

我布景云山、茂树、小桥、房舍
可是，云山嫌我这里猛兽太多，虫声太野
茂树不喜这里常常狂风大作，雷鸣闪电
小桥本身不是道路，走过去就是悬崖

只有房舍，它安静
装满我几条河床的词语
我从梦中醒来
就诞生出诗句、珍珠和美人
真的，有时候我赖床，整天躺在床上不起来
诗，不在我的左边，就在我的右边
它小心地陪我
它也狂笑出门，却必须痛哭归家
它孤独，孤独得仿佛不知道
世界上还有"孤独"这个词

其实，诗什么也不知道
它只知道那个赖床的人
见到它就十分高兴
就说不尽的肉麻和鬼混

秋风辞

我在十指中听出，弦的秋风
每拨一下就舟窗尽落，百花失色
我劝她，有些曲子不要再弹
有些人不要再想
不要刚抹弦就进退维谷
声音既然嘶哑，就不要把新诗句
拨成老成人

我好久不弹琴了，指法生疏
绕梁琴在哪里？它已把我遗忘
坐在空空的大厅
琴手已经远去。只剩
一个长期习惯种种不幸的人
把秋风拨响

桃　树

栽种它的时候，是一个下午
阳光如此饱满
砍掉它的时候，是一个下午
如此饱满

仿佛完成了一场爱情
又完成了一场告别

山　中

群峰起伏，默无声息
一只鸟啼叫的时候
另外一只沉默
一片雪花落下的时候，另外一片雪花融化
高山之巅。谁可以志满心高
我爱过的三四张石刻
风烛残年，还余许多模糊的一撇一捺
如模糊的乡村和鸟群
它们一地的鸟毛

该爱的都已爱过了

该爱的都已爱过了
不该爱的，也给他们立了牌坊
恨的？
得在心里默算一阵
我这短暂的几十年，罪大于恨
痛大于罪
世界越来越陌生

莫名的悲哀常常侵袭我的颈椎

椎体、椎弓

它们不再灵活，不再愿意

为我负重

该安静了

该把这七根椎骨捏成团儿

揉成七根镇钉

钉棺者敲击一声

我在里面，号啕一声

三步台阶

走进朝门口是三步台阶

这台阶走过我的祖辈英雄

走过流浪者和小偷

破旧的老宅，活着的人们已经离开

死去的人们常常回来

白蛇在夜里破箱飞出

成群的狐狸在清除杂草，打扫灰尘

每到春节，我会回来坐一坐

和它们说说话

谈到高兴处，会哈哈大笑

只有谈到我的奶奶

我才变得毕恭毕敬，而它们也声息全无

我仰望着我

十年前我写下：我仰望着我

那时候我手脚纤细，读李清照多一些

偶尔也看烈女传

看那些沉醉青楼的书生。心里替他急

十年后的今天，走在十万大山

坐在大补懂村，仰望峰海
有些犹豫，有些羞愧
我忘记了，仰望过谁
阿老表、阿表妹们在对歌跳舞
雕花的屋檐似龙似凤

我仰望一只龙，倾听一只凤
它们飞舞在那色
似鸟。似兽。似三月的爱人
啼叫的春雨，顺着峰峦
一滴一滴……落下来

（选自微信公众号"宋庄时代"，2023 年 12 月 21 日）

飞鱼不肯落下的湖面

/ 雅北

雪夜，灌木落定的旧屋

一夜后，雪落在父母年轻时住过的山下
那儿，一个开满蓝星花的林场
我看到垂下去的苜蓿，闪出白色的清冽

很久以前，我就听过它们的声响
一只特定的褐色小鸟，沿老路
和不能抑制呼吸的雪橇
在长长的细枝下，试着明白
只有经过两季的林溪，蜷缩起灌木落定的旧屋
而后，许多被折叠的蚂蚁
通常，在右边挪开。我不能看见的地方
还保留发出光束的烟囱

初 春

初春的溪流是千百根
扎在心中的刺。那个时候
母亲是沉默的

为什么要去童年的木架

或者在古老的砖墙
两只山鸡，研究我们的脸
你试着忘记的出生。父亲变得神经质了
他砌好的灶台
在炊烟中，发出孤独的气味

艾草，艾草

艾草灯笼熄灭前，早晨梳洗头发
黎明以后，阳光蔓延

我看见平整的田野
冒出柔绿，像风吹褶皱的山坡
草缓慢生在密集的灌木丛

我们要去的林子，终于亮了
和过去相似，麻雀传来
伐木的斧子声

父亲老了，他熟练地扔下斧子
坐在树桩上，数着年轮
命运在他的指尖伸出春天的花

一封私信

一个季节总是带着无规律的雨
枝叶稍微旋下。于是，我们屋子的门开了
街道的纹理强加在厨房和
卧室。空气开始腥臊
整个夜里，我们倒数自己的年龄

我看着父母关好门窗，在他们的衣领上

一种琥珀色来装饰。两边的艾草
贴近墙壁，一些幸福的元素
来来回回摆上正午的饭桌

一封私下阅读的信还是公开了
在泛黄的字迹旁
被记起的老人，逐渐软化成植物
而古埃及人的脸没入了绿洲，一块凹面的木板上
灯光显出柔弱。几里外的乡村
雨安静地落下

飞鱼不肯落下的湖面

我们散漫地溜达会儿
飞鱼不肯落下的湖面
一些卷须蔓生着薄荷。每晚
在居住的房间，母亲烙好的面饼
浇上芒果汁

你周围的幽林，据说，加入了
几只低头嗅着露水的白尾鹰
这使得我们舌头底下，朝向彼此脖颈的呼吸
由急切变得缓慢。我们相互闻闻熟悉的味道
就看见父母，在床边挪动着身子

折叠椅

你往这儿看，那陷入脱了水的肉囊
我刚好能环抱住你
从我们头顶的藤萝树漏下的光
一只貂在蕨草丛飞奔，这是你讲过的
在那些小小的相同的房子里

我们都有肉质的盔甲

惯常的下午
我看见风在大丽菊的经络上
寻找安息
父亲犹豫的声音陷入短暂的七十岁
呼吸逐渐平复的夜晚，我摸了摸他的手
一种被创造的热力微弱下来，母亲返回他的房间
婴儿样的姿势在庭院里松弛下来

大丽菊

早晨，我会醒来
在我活过的父亲的这个岁数
冻结的池塘里。我数着他的声音，
在一粒橡子里潜行。我记起的是呼吸
起伏的胸膛，以及翻过许多个白露的早晨
我乐于在他递过来的杯子里喝水
随后，又回到琐屑的生活中
继续每一天的纠缠
每年的十月，他都会种上白色的大丽菊
在他并不敏感的皮肤里
与我同姓的父亲，似乎又能活过一些年头

雪落下的声音

雪厚实地压在屋顶，落在门框上的声响
扩散出木质街道的幽暗

山体倾斜了，几块顽石的鸣音
被湿透的灌木叉起

我悲伤的是你的庭院
无人豢养的山鸡
寻觅撒落的谷粒

吻有可能是石头做的
村口的岩壁上
密封着唇

雪揉了一会
一个把双亲搁在供桌上的人
彻夜冰凉着

母性的光辉

我不知道，那将是什么被封闭
一开始，我就没来到过这里
母亲的前额，被更新。直至紫荆花开
你方能认出

我们的眼中已含有她的寂静
那最轻的一瞥，就能解封手指合拢的春天
其实，我只是在察知
她脆弱的力量：母性的光辉，以及温暖的呼吸
裹住我，和我尚未碰触的事物

恒　星

昨晚，放在草甸上的身体有点冷
一些游弋的虫子
鸣叫声属于需要洗漱的悲伤

我想到天亮，被制造的云

叠出熊偶的模样，它憨憨一笑
你以为偏离轨道的古老恒星，会迅速下落

谜一般的峡谷，我们喜欢用父亲的语调
点出一些水藻形成锯齿，那放置纸花的地方
秘密构成了我们的未来

（选自《山花》2023年11月第4期）

春天无所有

/ 魏理科

鸟的叫声

一只鸟在叫
左边窗户外的樟树林里
我听见它
从一个枝头
跳到了另一个枝头
我想把它的叫声
描述下来
却找不到同音的
象声词　它的叫声
也不符合拼音的玩法
飞走前它叫的一声
嗓门特别亮
我记住了
但还是写不出来

荡　漾

亲近水，在这酷暑
去投身河水
比如汉江和东荆河

泡在水里看落日熔金
日月天穹云彩
河流沙滩大地草木
勾勒出无边的框架
那静止的、变幻的
一切都在吐露恒古的讯息
而我们肉身沉重
在荡漾的水波上我们
无法像水波一样地荡漾
暮色从西来
我们漫步沙滩
看皓月东升
如明镜，在川上照自己
天地间的黑变成了淡淡的蓝
我还不想穿上衣裳
幻想自己轻如鸿毛
晚风有多远，就把我吹多远

春　雪

除了河流、湖泊
江汉平原全白了

没有兽迹，早起的人
把街道上的积雪踩黑

务虚之人越来越少
我和远方的同桌

堆雪人打雪仗
把雪球往脖子里扔

麻雀们藏起来
在白雪覆盖的树枝间

燕子尚未回家
它们还有迁徙的自由

火车掠过少年的额头

群山环抱
漠漠水田飞白鹭

半山腰的铁轨上
传来巨大的轰鸣声
这是每天上百次
轰鸣中的一次

它已不能惊动
埋头吃草的牛
和田野上
乡亲们弯下的腰身

只有那个少年
在抬头张望

向树木学习写诗

一棵树无论怎么长
枝繁叶茂旁逸斜出
或是寥寥的几笔
都是好看的

一棵树

直也好，歪也好
活也好死也好
半死半活也好
看起来都是舒服的

树无定式
但每一种树和每棵树
都是得体的、恰当的
仿佛它就该这么长
就该长成这个样子

大　海
——八月某日，至三沙镇，以观沧海，是以为记。

大海，我又一次站在你面前
而你对此一无所知

云中夕阳、大海苍山
这阔大的空寂
仿佛万物灵魂的墓园

波涛滚滚　你起伏的胸膛
有呛人的咸涩
大海的内心，是苦的

倾斜的天空，升于海上
你有无边的边际
激情之躯　向着岩石冲撞

大陆也是漂移之物
在你面前　还有谁
是自满的？有根的？不朽的？

海风穿过我
像穿过一张渔网

大海，我又一次站在你面前
而你对此一无所知

陆地的疆界拘役人心
而你有蔚蓝的呼吸
日月之影，漂荡海上
成为一张软皮的钟表

船只滑行，海鸥翻飞
此刻你如此驯良
而风暴已在悄然形成
我听见阵阵低吼
隐隐约约，在大海的深处

春天无所有

无非是阴晴不定
像一个人的忽热忽冷
无非是莺飞草长
荒蛮的地方更加蛮荒
春天无所有
花开花落
都身不由己
旧瓶添新酒
醉眼怼星空
无非心底的嗡嗡声
春风吹又生
无非是春水流啊流
而春天无所有

雪　夜

对女人，我们仅能一知半解
在酒余饭饱，雨夕灯窗之下
我依然寂寥
想起遥远的你
为皑皑白雪所簇拥
小鹿小鸟小松鼠
走进你的庭院
我喜欢这样的时刻
天色暗淡寒气凛冽
雪越下越大，心空空如也

清　欢

星空以其浩渺
而不可定义
生活把过去的朋友
分隔开。时间的容器
装下许多人间滋味
溢出的部分
是你唇角的酒香
乌黑长辫和谷堆般的乳房
粮食比思想更强烈
指引我，像大雁和野鸭
像丹顶鹤和黑颈鹤
向水草丰茂的地方飞
月色如白霜，今夜
想起你，在别处写诗
而我们还不曾
真正相遇

（选自《长江文艺》2023 年 9 月）

《徽州印象 2》

闫志伟 绘

诗集精选

《人间寂静》诗选

/ 范小雅

山中听雨

像蚕，吞食桑叶
像芝麻，从芝麻叶中漏下
雨落在窗外的橘子树板栗树柿子树上
窗内的人，睡意被打湿

听着这沙沙声
听到整片山林沉默——
有松果在中间喑哑滚落

白天去过后山，那里菩萨低眉
深山寂静，尘世遥远
还有什么不能原谅

母　亲

茄子花的紫色
不及夏天浓烈
豇豆花的淡白色
比秋天略轻
母亲在园子里为这些蔬菜除草

她的孙子在不远处
拨弄几只蚂蚁

微风吹过村庄
吹过池塘
母亲的衣衫飘动着——
时间
这样温柔地
经过了她

被祝福的人

每个人有每个人的路
每个人会在每个人的路上，被困住，被折磨
昨天这异乡的树顶上飞来一只仙鹤，停留了很久
暮色中，它遗世又独立地
望着窗口的我
那一刻，我知道我是被祝福的

具体的生活

她把小白菜的枯叶和老去的根基掐掉
一棵一棵清洗
她把鱼肚剖开掏出内脏对着水龙头冲
之后抹上盐和花椒摆在盘子里

日头偏西
厨房里渐渐飘出米饭和菜肴的香味
她很满意
此刻生活的具体

她被这具体磨损着

又诚服于它
她写下了多少形而上的诗歌
这一刻都被抛弃

北方的果子们

这棵梨树长到了二楼
我站在二楼的阳台上
看见雨水路过密集的叶子和刚刚长出的稚嫩的梨
并顺着它们的形状，滑落下去

从雨水经过的路径
我看到了天意
——把每一根枝条每一片叶子擦亮

淡的烟雨擦亮淡的庭院
淡的烟雨打湿淡的江山
这一刻的北方
植物们幸福地吸吮着雨水
果子们
在枝叶间遥望着，心满意足

望春天

鹧鸪的叫声从广场远处传来
落在三楼窗台的兰草上
落在我摊开的书页上
落在我的耳朵上
春天盛大
但此刻只赠予窗口一角与我
偶尔抬头望望
或低头想想

好像也足够
好像也用之不尽

倾　听

黑夜来临的时候
我喜欢竖起耳朵
聆听周围的一切

钟摆
风声
星空的密语

我痴迷于
事物更深的内部
我能感觉到
在它们之中的友谊

小东西

我只在云梦这样一小块地方
生存，生养，生活
好像也足够
我的，小的叹息，小的忧愁，小的抗争
我的，小的仰望，小的憧憬，小的赞美
在这里已生根，发芽
世界那么大
但有时我听见，这些小东西
在我耳际轰响
像海啸，像雷霆

雨夜想起父母

想起父母病老交加的身体
想起黑夜里，其中一个因疼痛而发出的呻吟
还有他们的屋子，在黑压压的乡村
那灯火，微弱如豆

夜里下雨。想着雨水
降低着冷空气的冷
也打湿着
他们卑微的命运

雨水滴滴答答
像是与黑夜轻声细语
翻来覆去的人
听到中间，夹杂着叹息，和呜咽

（选自范小雅诗集《人间寂静》，长江文艺出版社 2023 年 12 月）

《雪只是让树枝弯曲》诗选

/ 韩润梅

斑 鸠

黄昏，它们落在楼顶上
一动不动
像迟暮的老人
只是偶尔弓着身子
走上几步

家在高高的法桐树上
法桐的叶子密密麻麻
只有冬天
才会变得稀疏

把家建在法桐树上
树枝间是应有的虚空
它们从缝隙里
打量着不明显的脚印
汽车、落叶和尘世

在楼顶的边沿上蹲着
两三个陷入沉思的老者——
那些法桐为什么要被锯掉

存在的怎样变为无

两三只斑鸠，蹲在楼顶上
它们的鸣叫
与矮树枝上的麻雀呼应
习惯把尾音说得很重
像是在宣布一件重要的事情

记忆之马

在一个诗人的诗里
常常读到马，那些马儿
总是与我的记忆之马重叠在一起
它们吃草、嘶鸣、低头
相互摩擦身体

一驾马车拐进场院
载着庄稼
和田野的气息
我看着那些强壮的牲畜
因为用力，青筋裸露

我无意征服它们
也不想战胜时间
只是借着一首诗歌
返回童年的生活现场
我在寻找我自己

雪　天

雪下了一夜
厚厚的雪遮住了空地

也遮住了鸡们刨食的领地

清晨，它们从鸡窝跑出来
不知道该跑向哪里
仿佛被抛入了一个新的世界

它们不知道发生了什么
也不知道怎样解决
我扫开记忆中的一块雪地，轻轻呼唤

像平时一样
争抢食物
它们不会长久记忆，也不会悲伤

流水诗

我不在云彩上写诗
而在草叶上
不在草叶的叶面上
叶尖上，有一颗水珠
就要掉下来

我到云端走动
只为了感受它的辽阔
证明我的渺小

我只在乎小的、清亮的
如一滴露珠
刚好装下我的一生

山　中

一头扎进花蕊里的蜜蜂
因太过用力、专注
以致没有听到
路过的风声。它那么勤奋
整座林子因它而震颤

除此以外，太静了
几乎听到了自己轻轻喘息
我累了
坐在一块石头上

在河流的拐弯处
在白云下
山谷的空旷，教育了我

雪只是让树枝弯曲

雪只是让树枝弯曲
应该有一颗敬畏之心
臣服于某种力
雪越下越大
遮盖那些黑色，但它
并不想毁灭它们
只是表达、教导它们
要平等、虚心
然后用死亡证明这一切
化成水，消融于地下

倾　斜

厚厚地
铺了一层，银杏叶
还在一片一片
往下落，空中的鸽子
画了一个弧度，又飞向远方
它们倾斜的程度
和叶子相当
在这倾斜的尘世，我
努力寻找平衡
我让灵魂学习鸽子的飞翔
肉体学习坠落
像一片叶子
终将归于尘土

不请自来的

需要打开窗户
请进一些新鲜空气
声音也会跟着进来
我把细细碎碎的麻雀声
放在碟子里
搁在书桌上
把幽怨的斑鸠声
倒进一只高脚杯
并摇晃了两三下
好了
那些破碎的声音——
汽车的刹车声、喇叭声
猛然驶过的轰鸣声

我已经没有精美器皿存放它们

就让它们驶过，消逝

但总会留下一些细小的不易察觉的伤痕

（选自韩润梅诗集《雪只是让树枝弯曲》，长江文艺出版社 2023 年 12 月）

《一场雪正在降临》诗选

/ 梁潇霏

蜂　鸟

蜂鸟细小的身体发出尖叫，
在五根电线上谱曲。
接着衔下一串飘带，
悬停在空中。
我惊讶于它如此高超的技艺，
也明白没有谁再会为我这样表演。
我记下了这一幕，
在通往乡村的路上。
我们徒步旅行，
希望能看到某些新鲜的事物。

原谅我不是一棵樱桃树

我太安静了，以致一只雀鸟，
毫无防备地降落在我近旁。

它褐色、肥胖，
幼儿一样好奇的眼睛。

我们之间相距不到一米。

看到我，它小小的身体抖动了一下，

旋即飞离。
我甚至听到了它惊恐的心跳声。

哦，莽撞的小鸟，
原谅我不是一棵樱桃树。

墙上倾斜的油画

道路通往天空，鸟儿向下俯冲
河水停滞，树木倒在一边
草原高耸如山
石头的棱角变得含混

墙上倾斜的油画
让我看到了它另外的样子
而我的确需要从多个角度
重新认识那些我自以为熟悉的事物

一场雪正在降临

一场雪正在降临
雪钟爱夜晚
纯洁的眼睛都是害羞的

你关掉灯，从窗口向外看
单纯而直率的雪啊
毫无心机地下着
你不出声，和雪默默契合

隐秘而易消逝的美

你知道只有保持岑寂
方可留住神圣的事物

花楸与喜鹊

蓝色条纹包裹着的母亲，
有一双亮着秋天的眼睛。

花楸是她最后的火焰，
喜鹊不分四季地啼鸣。

大自然不因任何一片叶子凋谢
而哀伤：必有死，必有生。

我们永远不会失散

遥远的车站。
她们下车后，我从窗子向外递包裹。
火车陡然开了！
我看见她们挥动着手臂
向后退去。
那一年我十岁。
当一个陌生女人
带我搭乘货车找回来时，
车站正广播着我的名字。
我的妈妈抱住了我。

如今，她们又都在我之前下了车。
火车依旧前行。
孤独和怀念——
我们的旅程就是这样。
有一天，火车停在我一无所知的站台。

我走下来时，
会记得我妈妈的话：
"我们永远不会失散！"
无论多遥远，
我都能找到她们。

家乡的雪

在热带的小雪节气
她看到了雪

雪从广漠的平原吹来
飞舞过白杨树梢

在哈尔滨石头街道上
雪打着转儿

雪从教堂屋顶、鸽子的翅膀下
轻轻抖落

雪停留在
郊外的某一座花园

谁看到了雪
谁的眼睛就依然明亮

谁就回到了家乡
回到了朋友们的中间

（选自梁潇霏诗集《一场雪正在降临》，长江文艺出版社 2023 年 9 月）

《空河》诗选

/ 滕芳

向日葵芽

它动用所有感官从黑暗中摸索光
它动用所有力气从泥土中抬起头来

两枚浅绿的芽叶双手合十
继而探向不同方向的露珠、阳光

几乎所有事物一开始都是这样
渐渐长大，渐渐世间有了应有的模样

一部分开出了花，挂了果
另一部分，则小心翼翼，学会了生活的尴尬

石 头

暮光中的河流越发耀眼

石头也呈现朦胧的白

它们享受着两岸的鸟鸣

享受河流的叮咛、清风的抚慰

像那只天真的白蝴蝶

不用去想飞翔的目的

两个行动着的石头

沉浸于小小的、发亮的水洼

他们搬开一块石头

放进石头之中

他们和它们一样

都是大地的、暮色中发光的孩子

鹊 巢

一滴潦草的墨
卡在迷茫的枯枝间

没有任何规律
有时靠近高速路
有时靠近红砖房子
有时就在麦田正中央

两棵相邻树上的
一定互为芳邻
同一棵树上的
一定互为血亲

善良就在每一棵树
落光了叶子
为这悦耳的报春之声
清晰地站在
天地之间

午　餐

人们陆续入座
他的两个女儿为客人一一盛上饭
他的老婆为客人倒上米酒
客人们迟迟不动筷子

他的筷子摆放得整整齐齐
他的杯子盛了小半杯酒
他的座位一直空着

他离世的第六天，村子忍不住大雨

扫玉米

秋风过后，她的头发又白了一些
水泥地上的玉米粒也白了一些

她拿扫帚想扫出一条路
每一次弯下身子，就扬起一阵灰尘

她怕灰尘沾染了我
她的灰尘飘过她的一生
飘过经幡一样的农家彩旗

她开始扫第二遍
玉米粒越聚越拢
扫帚越来越重
她站在灰尘中，又老了一点

母亲的脚步

养病的母亲走路要轻，听不见声音的轻
要慢，足够耐心的慢
她刚刚踩上索桥，我就感觉到了
母亲的力量从桥那头传过来
一波一波地传过来，慢慢地传过来
我开始颤抖，一晃一晃的
那种晃动，悬在我人生的半空中

露天电影

在学校操场，在大槽山，在兴隆坝
在我的童年

在长木凳，在短木凳，在竹椅子
在家长里短

在子弹，在步枪，在长剑
在阴谋，在爱，在泪

在微笑中。是多年以后
我才明白那场电影里最厉害的剑

是软软的，打在身上
会弹回来

挖土豆

土豆通常与玉米杂居
共享牛筋草、念根藤、鹅肠菜
也共享蚯蚓和蚂蚁

母亲一生都在挖土豆
开始在山上挖，后来在田里挖

母亲每挖出一窝土豆
就得先折下不断向她刺来的玉米叶
汗湿的头发和草屑一起贴在她额前

她下的每一锄都无比小心
就像从子宫里掏出儿女

（选自滕芳诗集《空河》，长江文艺出版社 2023 年 10 月）

《徽州印象 3》
闫志伟 绘

域外

爱过的那张脸闪了一下

/ 加里·斯奈德[1]　著

/ 杨子　译

收工后

小木屋和几棵树
涌动的雾中飘浮

解开你的罩衫，
我冰凉的手
　　　　在你胸脯上暖着。
你一边笑　一边发抖
在烧热的铁炉边
　　　　　剥大蒜。
斧子、草耙，和木柴
拿进屋里

我们将靠在墙上

---

[1]　加里·斯奈德（Gary Snyder），生于 1930 年，20 世纪美国著名诗人、散文家、翻译家、禅宗信徒、环保主义者，2003 年他当选为美国诗人学院院士，先后出版有十六卷诗文集，诗集《龟岛》获得了 1975 年度的普利策诗歌奖。斯奈德是清晰的沉思的大师，深受中国文化的影响，翻译过寒山的诗，其诗歌创作立意多涉及人与自然的亲密无间的关系，且风格冲淡，极具中国古典诗歌之神韵。

偎依在一起
食物在炉火上炖着
天黑了
　　　　　　　　我们喝酒。

八濑，十二月

那年十月，果园旁
高高的干枯草丛里，当时你选择
要自由，你说，
"可能哪天又在一起，或许十年后吧。"

大学毕业后我见过你
一次。那会儿你有点怪。
而我被什么计划鬼迷心窍。

十年过去了，不止
十年：我始终知道
　　　　　你在哪儿——
本该去你那儿
怀着赢回你的爱的愿望。
你还是单身。

我没去。
我想我必须独自走下去。我
真那么做了。

唯有在梦里，像今天拂晓，
我们那庄重吓人强烈的
青春之爱
才回到我心里，回到我血肉之躯。

我们曾经拥有别人全都
渴望和寻求的珍宝：
我们把它扔在十九岁了。

感觉到自己苍老，好像我已经
活了几辈子。

也许我永远不会知道
我是不是傻瓜
是否完成了羯磨[1]要我
　　　做的事情。

问　候

爱过的那张脸闪了一下
　　　就上了火车。
迷失在谁都没听说过的一座新城。
　　男子坐在公园里，孤家寡人
邂逅三十年前
　　　一位老友，
　　　互致问候。
用瓶盖下棋。
　　"待售"的招牌竖在地里：
　　　最亲爱的，最亲爱的，
煤灰落在窗台上，
　　　野草长满了花园。

---

[1] 羯磨：梵文 karma 的音译,意译为"业",泛指众生有意识的一切活动,多指身、语（口）、意三方面的活动。业发生后不可消除,将引起今生或来世的善恶报应。

从内华达山里回家

曾经半夜醒来，撒尿，
察看正在显形的冬日星辰
生火
直到寒冷的黎明还燃着。

煮玉米糊糊的锅去湖里洗干净
马粪上的霜
一只灰松鸦窥探营地。

整个早晨都到汽车那儿
装花岗岩，
和兰伯氏松幼苗。

下到繁忙的平原。
圣华金，无顶平板货车上的墨西哥人。
冷雾
草席的气味
湾区[1]一杯
绿茶。

只有一次

差不多是在赤道上
差不多是昼夜平分时刻
　　确切说是午夜
　　　　我在船上看见
　　　　　　满

---

[1]　湾区（Bay Area）：旧金山湾地区。

月

悬在了天心。

（靠近新加坡的萨帕湾）

山麓，六月之歌

寒冷小屋里磨快的锯子。
　　挂在门上的燕子窝
把集拢的东西放在尚未
移到草地的阳光下燕子穿过
门框在屋檐下疾飞。

将钝斧子磨快
好在夏天使用
　　一只燕子掠过。
过河，雪落矮山
将楔子削尖好去劈砍。

矮山那边，白色群山
正在化雪。　将工具磨快；
　　运货的马在吃刚长出的草
斧子发亮——一只只燕子
　　飞进我的小屋。

洞中的火光

一整天蹲在大太阳下，
　　一手转动钢钻，
一手抡起四磅手锤

　　　　　　　砸下去。
一小时三英寸
小径上大如牛背
　　　　　四四方方的巨型花岗岩。
上边，派尤特山
　　　　　峭壁摇晃。
我已汗流浃背。

为何总是想起这一天。
一份岩石山上的活儿
　　　酸痛的双臂
　　　　　　骡子的小道
　　　　　　　令人目眩的拱形天空，
正午睡在杜松长满蛇鳞的枝干下。

于是注意力
　　　集中于钢钻之尖。
手臂落下
　　　犹如呼吸。
山谷，随着钢钻的
　　　　　旋转震动——
我们在十二英寸深的洞里填满炸药
　　　骡子驮来的乳香般的
　　　　　　硝化甘油。
洞中的火光！
洞中的火光！
洞中的火光！
猛拉撞针。
穿过尘埃
　　　　　　和撒落的碎石
蹓跶回来就是要看看：
两手、双臂还有肩膀

全都舒展了。

八月中旬，索尔多山瞭望台

山谷深处烟雾缭绕，
连下五天雨，跟着三天酷暑
冷杉球果松脂闪光
岩石上，草地上
新生的苍蝇密密麻麻。

想不起来读过什么
几个朋友，都在城里。
喝马口铁杯子里冰冷的雪水
目光越过静止苍穹
俯瞰几英里外地方。

派尤特溪

一道花岗岩山脊
一棵树，足矣
哪怕只有一块石头，一条小溪，
池塘里一片树皮。
山外有山，层峦叠嶂
顽强的树填满
岩石细缝
硕大明月，美轮美奂。
思绪漫游，一百万个
夏天，晚风阒寂，岩石
发烫。群山逶迤，苍天在上。
所有与人类共存的废物
一件件消失，坚固的岩石摇摇欲坠
就连这沉重的时刻对这颗虚妄的心

似乎也无能为力。
言辞和书本
犹如一道出自高高岩脊的小溪
消失在干燥空气里。

头脑清醒警觉
毫无意义除非
它看见的真被看见。
谁也不爱岩石，而我们留在这儿。
夜寒袭人。月光中
一粒斑点
滑入杜松的浓荫：
看不见的僻静之地
美洲狮或郊狼
冷酷傲慢的眼睛
盯着我起身，离开。

篝火旁读弥尔顿

1955 年 8 月，派尤特溪

"见鬼呀，我不幸的双眼
　　　　看到了什么？"
跟一位手拿铁锤的老矿工
一起干活，他能估摸到
岩石最深处的
岩脉和劈理，他能
炸开花岗石，修筑
坚固的之字形山道，经得起雨雪、
解冻和骡马踩踏，多年不坏。
有什么用啊，弥尔顿，一个有关
我们逝去的以野果果腹的祖先的
　　　　无聊故事？

印第安人，使唤链锯的男孩，
还有排成一列的六匹骡子，
精疲力竭赶到矿区小镇
盼着吃到番茄和青苹果。
明亮的夜空下，
睡在马鞍座毯里
天亮时河汉倾斜。
樫鸟尖叫
咖啡煮好了

一万年内，内华达山脉
定将枯竭，死去，成为蝎子的家园。
冰块刮出累累伤痕的垂直岩石和弯曲的树木。
没有乐园，没有堕落，
唯有风吹雨打的陆地
和旋转的天空，
而人，任凭撒旦
侵蚀他混乱的大脑。
见鬼！

篝火灭了
太黑了没法再读，离道路几英里
系了铃铛的牝马在临时填充泥土的
牧场上叮当作响
沿老路穿过
松动的岩石攀登
一派夏日光景。

给马儿的干草

他驾了半夜的车
大老远沿着圣华金河谷

穿过马里坡萨，上了
险峻山道，
早晨八点将一大车
干草停在
谷仓后边。
我们用绞盘、绳子和铁钩
将一捆捆干草堆到
易裂的红杉椽子上。
黑暗中，一片片紫花苜蓿
在屋顶板裂缝透出的光线里飞旋，
我们被汗湿的衬衫
和靴子里的草屑弄得奇痒。
黑橡树下吃午餐，
户外热烘烘的畜栏里，
——老牝马鼻子伸进饲料桶，
蚱蜢在野草中尖叫——
"我都六十八了，"他说，
"十七岁那年头一回运干草。
那天我就琢磨着，
要是一辈子干这个我肯定会恨死的。
可是妈的，偏偏我
一辈子都干这营生。"

给孩子们

此前仅仅是统计数字的高山
和斜坡
横亘眼前。
万物险峻地
攀缘，上升，
上升，而我们全体
下沉。

下个世纪

下下个世纪，

他们说，

就变成山谷和草原了，

如果办得到我们就能

在那儿和平共处。

为攀登接下来的巅峰

给你，给你

和你孩子一句话：

待在一起

认识花朵

轻装前进

十二月

（《六年》第十二首）

凌晨三点——一阵远钟

　　越来越近：

无用的垫被扔到搁板上；

去户外，捧一把冰水洗脸。

　　森永这笨蛋，安静，皮包骨，

　　带上咸味的李子茶

　　房间里疾走。

本堂的钟声唱诵佛祖箴言。　　Gi：[1]

沉钟，小钟，木鼓。

　　四点参禅

---

[1]　Gi："義"的日语发音。

一溜跪在冰冷光亮的木板上：

早餐米饭腌菜
各式各样的桶
灯泡瓦数很低。
　　　站着打盹直到天明。
　　　　　　清扫
　　　花园和大堂。
　　　户外有霜
　　　　　　　　冷风穿透了围墙

八点上课铃响。　　高高的椅子。
盖帮着找到僧袍——红袍，金袍，
　　　黑漆般的黑袍
　　　出太阳了还是冷

十点差一刻午餐
轻轻敲打长凳上的汤碗饭盆
喂那些正午回到
　　　大堂的饿鬼。

两点参禅
三点大肚温热器
　　　煮开了汤饭糊糊。
唠唠叨叨，拖着脚走。　　到外边抽烟，
　　　　　　　　说话。
薄暮，五点，
黑袍拿到大堂。
　　　坚硬的接缝，疼痛的膝盖跪在
　　　垫子上，手持焚香，
　　　　　　　　　钟声，
　　　木楼噼啪响

穿着柔软的草鞋
呆头呆脑的家伙在屋里四处走动。

七点，参禅
茶和叶状糖果。
八点合掌，经行——
　　身穿飘扬的长袍排成一列向着觉悟
　　　　疾走——

九点又参禅
十点，热面条，
每人三碗。

一直坐到午夜。　　诵经。
　　三鞠躬　　放下垫被。
　　睡觉——
　　黑暗。

一阵远钟越来越近

　　（选自《偏僻之地：斯奈德诗集》，雅众文化 | 北京联合出版公司，2023 年 10 月；《盖瑞·斯奈德诗选》，江苏文艺出版社，2013 年 10 月）

马儿在我的长影里吃草

/ 詹姆斯·赖特[1] 著
/ 张文武 译

今天很高兴，于是写下这首诗

胖松鼠蹦蹦跳跳
跑过玉米仓的顶部，
月亮突然穿破黑暗，当空出现，
我知道死亡遥不可及。
每个瞬间都是一座高山。
天上的橡树林里，鹰在喜乐中
高喊
一切如我所愿。

又来到乡下

白房子一片寂静。
友人还不知我到了。

---

[1] 詹姆斯·赖特，20世纪重要的美国诗人，深度意象诗歌流派主将，1972年出版《诗集》并获普利策诗歌奖。他以沉思型的抒情短诗闻名于世，他热爱大自然，善于捕捉大自然景色中最有意义的细节，并将其田园式的新超现实主义建立在强有力的意象和简洁的口语之上，在总体上赋予自然景色以深层意识的暗示，试图唤起超脱现实返回大自然的欲望，从大自然中找到安宁。

田边光秃秃的树上，金翼啄木鸟
啄了一下，随后停了很久。
我停下来，站在暮色中。
我转过脸，不去看夕阳。
马儿在我的长影里吃草。

黄昏日光浴

上一次出来
是什么时候，
还记得吗？一只蜜蜂
嗡嗡飞过。松鸡
在小溪边喧闹，
你缓缓
从山间潭水中浮上来。
绿色中浮出母鹿色[1]，
衬托着黑暗。
小鹿的蜜在溪边渗出。
我刚起床。这就是
我醒来的时刻。

十一月末的田野

而今我独行在一片荒芜中，
冬天来了。
两只松鼠在篱笆桩旁
联起手来，要把树枝拖向
它们藏身的所在；我想一定是在
那些白蜡树的后面。
它们还活着，为了抵御寒冷，

[1] 母鹿色：指暗橙或者明棕色，橙色和棕色的混合色，与母鹿的毛色接近。

应该收集橡子才对。
小爪子在槽里飞快扒拉着玉米秆，趁月亮
移开视线时。
如今大地变硬，
我的鞋底该修一修了。
没有谁需要我来祈福，
除了这堆词句。
但愿它们变成
青草。

致不安的友人

哭吧，尽情哭，但别为我哭，
尽情哀叹，别说话，别抬手，
别管我在头顶喋喋不休。
只管尽情颤抖，如那枫树，
落光叶子，鸟窝在枝丫间，
在冬季严霜下静静隐藏；
如叶片，在树瘤或藤蔓旁，
剥落也无所谓，无遮无掩。

一片也不留；撑住；任雪花
飞舞，在撑着的臂弯化掉。
完美六边形会碎裂，融化；
而你必须触摸夏日烈焰，
要跨过严寒虚空的风暴，
流放花间，承受鸟的欲念。

我害怕死

曾经，
我害怕死在

枯草地上。
而今，
我整日漫步在潮湿的田间，
如履薄冰，聆听
不知疲倦的昆虫。
它们可能在品尝缓缓凝聚的鲜露，
或是从蜗牛的空壳里，
或是从麻雀落羽搭成的秘密小棚子里。

宝　藏

那洞穴
悬在我身后，
没有人能触及：
寂静，如回廊
围住一团火焰。
我在风中站起身，
骨头变成墨绿宝石。

试着祈祷

这一次，我已把肉体抛在身后，任它
在黑荆棘中哭泣。
尽管如此，
这世界还有美好的东西。
天要黑了。
美好的黑暗，
女人们的手在触摸面包。
一棵树的精灵动身了。
我触摸树叶。
我闭上眼睛，想着水。

退烧的过程

我还能听见她。
她深一脚浅一脚下楼，进了厨房。
她对着锅碗瓢盆咒骂。
她把油腻的抹布
扔到篮子里，
把篮子挎在枯瘦的小臂上，气得
咬牙切齿，跺着脚出了门。
我能听到父亲下了楼，
他没穿外套，站在打开的后门口，
冲着雪地喊那只老蝙蝠。
她忘了拿她的黑披肩，
但我隔着窗户见她冷笑着
拍动翅膀，
飞往山上某座黑教堂。
她一定要见某个人，
没用的，她不听劝，
她走了。

玛丽·布莱

我独自枯坐，被长冬折磨得精疲力尽。
我感受着新生儿轻柔的呼吸。
她的脸像杏子表皮一样光滑，
双眼和她金发母亲的手一样灵动。
她满头柔软的红发，她静静躺在
高大的母亲怀里，小巧的双手
来回编织。
我感受到脚下、地板下，
季节在变换。

她把空气里的水流编进快乐马驹的
鬃毛辫子里。
马驹一声不响在河边小跑，脚下的冰雪
正在融化。

致正在道晚安的女主人

裙摆摇曳，转身离去，
隔着葡萄架抛飞吻。
夜色之中的这一幕，
客人们或无缘重温。
葡萄树上醒着的鸟，
或无缘再见一张脸
能在鸟盆和藤蔓间
如此娇弱，如此美妙。

愿黑暗远离你身旁。
我努力向远处探寻：
那些阴影漫过月亮，
漫过你肩膀，那星云。
苍茫而浩渺的群星
或无缘再见你的脸，
在仙女座和火星间，
你合上娇美的眼睛。

大理石小男孩

大理石小男孩，
你在圣水池上面
举着手，
半只手，
去抓一条白鱼，

大教堂的门关上后，你孤独吗？
在这样的冬天，
只有一具大理石的身体
在水上坐着，
你冷吗？
大理石小男孩，
你在圣水池上面
举着手，
半只手，
以一个永恒的姿态
去抓一条白鱼。

西　蒙

整整一生的时间，我都在
逃避。
我失眠时最美好的事情
莫过于
把脏兮兮的大狗
搂到怀里。
我们俩脸上满是口水。
西蒙
毛发里还沾着
厚厚一层春天的黑泥巴，
哪怕已到了冬天。

一个圣诞节傍晚，他坐下来陪我。
我们荒腔走板地唱着歌。
他突然消失，
又独自回家，
苍耳子在他耳朵里缠成一团。
啊，真够邋遢！

西蒙，

你去哪里了？

明尼苏达某个地方，还有

乱蓬蓬的牛蒡

等你践踏。

冬日，巴萨诺－德尔格拉帕

地面之下，老人的

头发再度变得

金黄。

中午前，河边

荒凉的一束

斜斜投下，

上万名奥地利人

在幽暗的山上

泛着白光。

意大利人的尖叫声穿越山谷，

让人难以忍受。

不过，黄昏

让老人露了

一会儿脸，他的光

映在姑娘脸上。

她拎着柳条编的

小篮子，

慢慢走回家。

（选自《河流之上：诗全集》，浙江人民出版社出版，磨铁读书会出品，2023 年 11 月）

推荐

推荐语

/ 杜鹏

自波德莱尔以来，现代诗往往给人一种过于较劲的印象：对世俗生活较劲，对精神生活较劲，当然也包括对语言自身较劲。在这条道路上，当然也出现了一大批优秀，甚至是伟大的诗人。而在我眼里，诗人薄暮的可贵之处在于，他的诗歌里并没有那么多的朝内和朝外的否定，而更多地体现出一种肯定之美。这种肯定之美在这个充满了否定的时代显得格外另类，但是却同样能带给我们力量与启迪。

打桂花的人

/ 薄暮

黄　河

每次经过
黄河都那么平静
像大雾中迫近的恐惧
像山谷尽头，门枕石上安放的马灯

父亲的铁器

父亲把铁，分成两种
一种用来打制
斧头、柴刀、凿子、钉子
一种是我
用来打

用他的不顺心打，不得志打
吃亏上当打，邻里斗气打
用鸡叫三遍时的风雨打
用低吼，用竹竿和土块
追着打

铁了心打掉我的犟、懒、笨

打掉不认错、不求饶、不声响
藏在铺草里小人书、枕头中的梦游
打掉我对农事的不协调
对山路的挣扎
对小河流淌方式和方向的想象

终于把我打造成一类铁器
像斧头、柴刀一样锋利
常常割破自己
像凿子、钉子一样孤独
一辈子和天空过不去

妈妈是一种宗教

读到：妈妈是一种宗教。
我忽然泪如泉涌

像石头一样——
母亲，你曾无数次用一根指头
点着我额头，恨恨地说

什么时候变得如此脆弱
最近，我越来越想
到你的坟前坐一坐

你知道，我还会像从前一样
一言不发
你时不时看我一眼
你的每一眼，我都知道

这个燥热的季节
像极了我的一生，拥挤、嘈杂

每一块石头那么滚烫
我已不可能，安静地
坐在一个人身旁

但今晚，后山慢慢的云
山谷里慢慢的流水
都把声音放在杉树上
放在茶子树和黄荆上
飞驰的高铁如一座经堂

打桂花的人

如果我是一个打桂花的人
就会翻过篱笆
把阳光般的、月色般的、彩虹般的
消息
撒在你的门头
早晨出来时
你的肩膀和眼睛里都会飘着芬芳
走过小村，走过集市
走过时间
总有许多人云彩一样跟在身后
这世间唯一的馥郁
让人微醺
尽管雨会漂白
但我打下的桂花不会
它是深刻的
像字镌进石头
这气息会融化记忆
我将因此而骄傲。虽然
它不会让你屋后的山坡下雪
也不会让你门前的谷子更沉

我愿意撒在你的门头
愿意让所有人说
多年前那个打桂花的傻孩子
是我们这里的人

提笔写信

每当提笔给你写信
太阳就开始下山

万壑松声，向东海，向江南
双手按住空空的稿纸

其实我已砍尽山上的竹子
竹青编箩，竹黄编篮
用它们打捞流水
养着在天边游来游去的鱼

老茶和繁星一起，反复煮过
也种不活一棵雪花
当千万里门轴转动，我只能
披一身长夜，以折腰的方式
作折竹之声

你一定要提笔写信啊
写满春风的翎毛
让人以为，总会有只言片语
飘落我热爱的人间

暴雨来临

走了很久。一路磕长头

越接近寺庙，动作越振奋
谷地跟着起伏
最后，猛地
扑进山门

他有一万年的心事要说
他不说
长明灯下，双手合十
双眼紧闭
仿佛不敢看见菩萨，又不敢
看见宿命

他跪如一座寺庙

槛外树林，蝉叫得一阵比一阵凶
替所有突然失语之人
号啕大哭

命 运

下午六点半，一束光
刚好落在柜中
一本书上

并不是我反复捧读的
一直就在那个位置
像宫苑仕女，安静地
等一个不爱江山也不爱美人的
木匠皇帝

——有很好的手艺
刀锯斧凿，丹青髹漆，大匠不能及

也会浮雕或圆雕花鸟鱼虫的心思

夕照偏偏驻足这本书
它偏偏像一尊神
一尊我从未精雕细刻的神
坦然接受光
自在地反射光

它一定有阴影吧
万物都有。此刻
它神一般没有

评论与随笔

重审"日常生活诗学"：历史分析与观念批判

/ 一 行

一

今年四月在郑州举行的诗学会议上，我提出了"当代诗的绝境与危难"这一论题，引发了不少师友的关注和讨论。"当代诗的绝境"的形成，不仅来自当下诗歌体制的压抑和保守化，而且与1990年代以来中国诗学理论缺乏创造性关系密切。我们今天的诗歌写作和诗学讨论，很大程度上仍然沿袭着所谓"九〇年代诗歌"确立的范式。"九〇年代诗歌"构成了一个"漫长的季节"，围困着今天的新诗写作。要走出这一"漫长的季节"，首先需要重审和清理"九十年代诗歌（或诗学）"的一些基本诗学概念和命题。在这些诗学概念中，"日常生活"一词是最具影响力且持续支配着当下诗歌写作的重要概念之一，它不仅是"九十年代诗歌"的基本预设，也几乎构成了当代诗不同派别、写法之间的最大公约数。在诗学概念群的结构层面，"日常生活"与"九十年代诗歌"的其他诗学概念如"个体写作""叙事""及物性""中年写作""经验主义诗歌""口语诗""民间写作"等有着千丝万缕的关系，甚至可以看成是这些概念的共同前提。

"日常生活诗学"可做三种不同理解：第一种是指认为审美经验与日常经验之间不存在根本断裂性的美学主张（以杜威《艺术即经验》和舒斯特曼的《实用主义美学》为代表），它试图在日常生活的诸多领域中发现和践行审美，也就是"日常生活的审美化"；第二种是以文化研究的方式对日常生活展开的批判或反思（以列斐伏尔《日常生活批判》和瓦纳格姆《日常生活的革命》为代表）；第三种是在狭义的诗歌批评和研究意义上，指那种强调诗歌应以"日常生活"作为动力根源、精神原则和主要书写内容的诗学观念和写作实践。这里我主要是在第三种意义上使用这个词；但是，前两种意义上的"日常生活诗学"也以某种方式渗透和影响到第三种意义的"日常生活诗学"，并成为后者的重要思想渊源。

二

"日常生活诗学"在当代诗中主导地位的确立，是由二十世纪九十年代初以来的历史语境促成的。在那一时期中国发生了一场剧烈的社会转型，深入到政治、经济和文化的各个层面，并对中国新诗的写作状况产生了直接影响。诗人们似乎是突然发现了"日常生活"的存在，从"八十年代诗歌"所朝向的"远方"一下子掉转头来返回"附近"的寻常巷陌。如果对"九十年代诗歌"以及后续近三十年来的新诗现场进行观察，我们会发现大多数重要诗人都认同并践行着"日常生活诗学"。这表现在两个方面：(1)将"日常生活"当成诗歌的动力根源和书写内容，诗的写作来自日常经验的感受触发，并且主要是对日常经验的处理；(2)将诗歌写作本身视为一项"日常工作"，也就是用一种注重技艺细节、强调反复训练和练习的工作态度来进行写作，这便是"作为工作的写作"原则。这两个方面也具有相互支持和相互加强的性质：前者提供动力、活力和内容，后者提供加工内容的态度、技艺和方法。这两个方面都构成了对"八十年代诗歌"(无论是朦胧诗还是后朦胧诗)所遵奉的诗学原则的反动。

我们很容易就能找到一些诗人的文章、访谈和诗作来证明上述论点。先来看诗学文本。欧阳江河在 1993 年发表的《89'后国内诗歌写作：本土气质、中年特征与知识分子身份》一文中提出"(写作)活力的两个主要来源是扩大了的词汇(扩大到非诗性质的词汇)及生活(我指的是世俗生活，诗意的反面)"，明确将"九十年代写作"定位于对日常生活及其词汇的征用。[1]西川在《关于诗学中的九个问题》中也认为写作要呈现"生活的诗意"，并将其理解为诗歌语言首先需要触及的"真实的花朵"，这是较早的对"及物性"的主张。[2]于坚则在一次访谈中提出"诗歌不仅要表现日常生活的诗意，而且要重建日常生活的神性"。[3]沈浩波的《下半身写作及反对上半身》则提出诗歌应追求"肉体的在场感"，亦即返回到一种没有被传统、文化、知识等外在之物污染的"纯粹肉体性"的日常生活

[1] 欧阳江河：《谁与谁留》，湖南文艺出版社，1997 年版，第 237 页。

[2] 西川：《关于诗学中的九个问题》，《山花》，1995 年第 12 期。

[3] 于坚、舒晋瑜：《于坚：我要在诗歌中重建日常生活的神性》，《中华读书报》，2013 年 11 月 27 日，第 11 版。

之中。[1] 这几篇文章显然都有"站在日常生活一边"的诗学主张,尽管取向很不同。

而从诗歌文本来看,所谓"九十年代诗歌"的诗人们近三十年来致力于"日常生活书写"的代表性诗作至少包括:欧阳江河《关于市场经济的虚构笔记》《快餐馆》《时装店》,于坚《零档案》,韩东《甲乙》《你的手》,肖开愚《向杜甫致敬》《内地研究》,黄灿然《奇迹集》,张曙光《公共汽车的风景》,孙文波《六十年代的自行车》……这些诗作或诗集体现了诗人们在"日常生活书写"中的多层面诉求。当代诗由此呈现出五种日常生活书写的基本类型:一是白描型的叙事或清单、流水账记录(口水诗是其末流),二是段子化和欲望化的日常生活书写,三是对日常生活中伦理关系的呈现,四是书写日常生活之神秘美感和弱超验性的经验主义叙事诗,五是对日常生活中的权力关系进行揭示的分析性诗歌/社会学诗歌。这五种类型涵盖了从口语诗、经验主义诗歌到知识写作的当代诗主要写法。

从诗学渊源来看,九十年代初开始兴盛的"日常生活诗学"的潜在种子在新诗开端处便已埋下,但一直没有得到足够多的养分支持。胡适《文学改良刍议》中提出的"须言之有物""惟实写今日社会之情状""不避俗字俗语"等主张,已表明"新诗"之成立有赖于"平民社会"之生活及语言,《尝试集》中的部分作品(如《人力车夫》)可看成新诗中最早书写日常生活的诗作。不过,这条诗学线索很快被占据早期新诗主流的浪漫主义、革命现实主义和现代主义诗学所压抑,成为一条"隐脉"。其复苏或重新凸显要等到八十年代中后期,先是以"口语诗"的形式登场,在九十年代初发展为对"叙事"和"经验主义"的强调。除了中国社会转型带来的市民社会空前发展给诗人们提供了无穷素材之外,英语现代诗中的叙事诗和口语诗对中国诗人的影响也是重要因素。"九十年代诗歌"中的日常书写,在很大程度上是向英语现代诗中某些诗人学习的产物,如弗罗斯特、威廉斯、垮掉派(金斯堡等)、纽约派(奥哈拉等)、自白派(洛威尔等)、米沃什(英语化的)、希尼和拉金等人。

一些诗人和批评家试图将当代诗中的"日常生活书写"追溯到作为中国诗歌源头的《击壤歌》和《诗经》,并认为中国诗中一直有一条"日常生活书写"的传统,杜甫和宋诗中的部分作品(范成大等人的田园农事诗)是其高峰。这样的观点固然有其理据,但不可忽视的是当代日常生活书写与中国古诗中的日常书写的重大差异:古诗中的日常生活是以农耕文明中的自然和伦理共同体为依托的,当代日

[1] 沈浩波:《下半身写作及反对上半身》,杨克主编:《2000 中国新诗年鉴》,广州出版社,2001 年版。

常生活则是被现代官僚制和技术媒介组织起来的；古诗中的人在日月山川之间、在纲常关系中得到规定，其生命处在关联和稳定之中，而当代诗中的人是原子化的"偶在个体"，人在日常生活中的主导感受是孤独和消逝性。今天的诗人们面对的是一个已然"祛魅"和"理性化"的世界，个体的日常生活已经难以嵌入到古老的天道或神意秩序中。古诗中的日常书写所依托的世界图景是一个稳定、熟悉的自然和礼法世界——这样的世界在当代中国已经消逝。奥尔巴赫在谈论古罗马作家佩特罗尼乌斯的日常风俗小说时的观点，也大体适用于中国古典田园农事诗："他的作品虽然生动传神，但运动只在画面里，画面背后死水一潭，那里的世界静止不动。这固然是一幅时代画卷，然而这时代似乎永远不变……不论是佩特罗尼乌斯，还是他的古罗马时代的读者，对这一切时代的制约性或历史性都丝毫不感兴趣。"[1]

三

"日常生活诗学"在二十世纪九十年代初兴起的时候，具有阶段性的正当与合理性，它使得诗歌得以摆脱空洞抒情和集体主义意识形态的宏大叙事，获得了一定程度的真实性和具体性，并拓宽了新诗内容和语汇的边界。但是，在三十年后的今天，这一诗学理念早已暴露出了自身的局限和困境，它已经变成了又一种诗歌意识形态和诗学教条，将当代诗局限于一个貌似广阔、实则狭窄逼仄的空间之中。今天，从其中衍生出的各类流水账叙事诗（口水诗）、小反转段子诗、情怀党生活感慨诗、私人自拍式诗歌，已经泛滥成灾。在"生活高于一切"的名义下，各种自恋、自我抚摸和自我玩味获得了一种新的语言形态——以前是沉溺于直接抒情，现在是沉溺于"讲自己的故事"。这些贫乏的写作，虽然不能说明"日常生活诗学"的上限，但可以表明其下限或"无下限"。这是由于，"日常生活写作"在其提出的时候主要是策略性的和偏于一端的，缺乏对诗歌的整全和周密的理解。

崔卫平写于 1993 年夏天的《诗歌与日常生活——对先锋诗的沉思》[2]是九十年代"日常生活诗学"中最重要也最具代表性的诗学文本，其局限性和误导性也最为典型。崔卫平此文将"日常生活"视为当代诗写作的精神原则，其基本主张可以概括为：第一，"日常生活"即生活本身，"事件"不能改变日常生活的基本

[1]　[德] 奥尔巴赫：《摹仿论》，吴麟绶等译，商务印书馆，2018 年版，第 41 页。
[2]　崔卫平：《诗歌与日常生活——对先锋诗的沉思》，《文艺争鸣》1995 年第 4 期。

状况，因而"事件"是不重要的——人不应该渴望"事件"，而应安于日常生活，反对"日常生活"即反对生活本身；第二，日常生活所使用的日常语言是唯一真实有效的诗歌语言，越界性质的语言试验是对公共语言规则的毁坏；第三，强调诗人的写作需要具备一种"日常精神"，亦即一种注重技术细节的责任伦理和工作伦理，把写作当成一项日常工作。不难看到，崔卫平此文有三重思想来源：一是波普尔式的政治哲学对一切"大词"和"宏大叙事"的拒斥；二是维特根斯坦《哲学研究》对日常语言规则的公共性的强调；三是某种日常性的责任伦理和工作伦理，非常接近于韦伯在《以学术为业》和《以政治为业》这两次著名演讲中的观点（"只有严格的专业化能使学者在某一时刻，大概也是他一生中唯一的时刻，相信自己取得了一项真正能够传之久远的成就"[1]，"今天的'日常生活'也具有某种宗教性质"[2]）。崔卫平希望借此建立起当代诗的基本范式与边界，而诗人对"日常生活"的逾越将遭受指责。

我们可以从哲学、历史和诗学三方面对崔卫平此文进行反驳，这些反驳同时也是对整个"日常生活诗学"的批判。

在哲学上，"事件"作为突破日常生活的力量被崔卫平完全低估了。正如施米特所说的，在许多情况下是"例外决定常规"，即"事件"决定"日常生活"："一种关注现实生活的哲学不能逃避非常状态和极端处境……非常状态比规范更令人感兴趣。规范证明不了什么，而非常状态却能证明一切……在非常状态下，现实生活的力量打破了那种经过无数次重复而变得麻木的机械硬壳。"[3]有两种意义上的例外或事件：一种是主权者的决断事件（制宪或颁布"紧急状态"），另一种是生命对既有秩序的反抗事件（革命）。这两种事件都以某种方式决定了日常生活的样貌、状态和边界。一种完整的诗学必须看到"日常生活"与"事件"之间的辩证关系或相互转化性。一方面，事件开启出新的生活理念和生活时空，它更新了日常生活，真正的事件就是使之前的世界完全不同于此后的世界的那种真理性的力量，比如"改革开放"就是规定着我们今天的日常生活的事件。只要诚实地面

---

[1] ［德］马克斯·韦伯：《学术与政治》，冯克利译，生活·读书·新知三联书店，1998年版，第23页。

[2] ［德］马克斯·韦伯：《学术与政治》，冯克利译，生活·读书·新知三联书店，1998年版，第41页。

[3] ［德］卡尔·施米特：《政治的神学》，刘宗坤等译，上海人民出版社，2015年版，第31-32页。

对历史，就会发现这样的事件虽然罕见和不可预期，但确实发生过。另一方面，事件的种子或潜能又来自日常生活，正是在日常生活中潜藏着其自我否定的因素，不仅是作为日常可见的反日常情绪和不满冲动，而且作为恩斯特·布洛赫所说的"尚未意识"（The not-yet-conscious）和本体论意义上的"希望"经验存在于生命深处。[1]只讲日常生活，不讲事件，不讲根本结构发生革命性改变的可能，就是在剥夺人的希望。在泛自由主义和保守主义将一切革命、事件都贬低为灾难和乌托邦妄想之时，我们必须守住人类的希望。因此，完整的诗学必须同时包含"日常生活诗学"和"事件诗学"这两个部分，而不是仅仅只强调诗的日常方面。用巴迪欧的话来说，诗的本义和使命是"对事件的命名"；对当代诗来说就是在作为"情势状态"的日常结构中看到以往事件的痕迹和新事件的可能性——缺少"事件"视域的日常生活写作，注定是乏味的和平庸的。

在语言哲学方面，崔卫平对"诗歌不能突破日常语言"的主张是对维特根斯坦的误用：固然不存在"私人语言"，但一个共同体（诗歌共同体）可以一起发明新的语言游戏和生活形式，也就是共同想象一种新的语言。这种对新语言的想象，始终是诗的职责所在。

从历史来看，崔卫平在当时没有意识到她所捍卫的那种"日常生活"本身是国家市场经济改革和意识形态调整的产物，同时也受到当代技术和媒介的深刻规定。"九十年代诗歌"植根于其上的"日常生活"是历史性的，它背后是1990年代中国的市场经济语境。二十世纪八九十年代中国社会的整体转型背后的历史逻辑，在慈继伟1994年出版的《中国革命的辩证法：从乌托邦到享乐主义》[2]中得到过很好的描述——当代诗从"八十年代诗歌"向"九十年代诗歌"的转型，也从属于同一个大的历史逻辑。如此看来，我们今天所过的日常生活是由社会转型导致的，因此它早已深深嵌入到整体结构之中并完全被其规定。毫无反思地认同这种"日常生活"只会忽略在生活背后起塑造、支配作用的力量。

在诗学上，"日常生活诗学"企图垄断诗歌的真实性，它忽略了诗的可能性、诗学的复杂性与"日常生活"的歧义性，变成了排他性的诗歌教条。与此相关的诗歌教条主要有三个。教条之一是所谓的"经验主义诗学原则"：只有对日常经验的书写才能使诗歌走向沉稳和成熟。今天有大量的诗作都是奔着呈现日常生活的

［1］［德］恩斯特·布洛赫：《希望的原理》第1卷，梦海译，上海译文出版社，2012年版。

［2］Jiwei Ci. *Dialectic of the Chinese Revolution: From Utopianism to Hedonism* .Stanford，Calif.: Stanford University Press.1994.

神秘性甚至神性去的。然而，日常生活不仅仅是神秘和诗意的，其中也同样充斥着无尽的压抑、规训和压迫。在列斐伏尔看来，尽管日常生活是"所有活动交汇的地方"和"所有活动的共同基础"，但其中也充斥着异化和物化，被商品拜物教和消费主义意识形态所支配。[1] 从"日常生活"属于"再生产"（赫勒、阿尔都塞和女权主义都意识到了这一点）的视域出发，我们需要对"日常生活"进行多重批判，而决不能只是单方面去写所谓"日常生活的颂歌"。

教条之二是"日常语言诗学原则"：诗的语言不能越出日常语法的边界，否则就是语言暴力和"语言法西斯主义"。这种预先划界显然是对诗歌活力的武断限制，好的诗歌往往在语言的试验性和公共性之间的刀锋上行走。

教条之三是"写作必须成为一项讲求专业性的日常工作"，否则就是业余的和不入流的。这种工作态度对于诗人训练自身的诗艺、形成稳定的写作水准和风格是必要的，但我们必须承认，也存在着大量在"非工作状态"中（特别是事件作用于人之时）写出的杰出作品。在专业化的、每天写作的诗人之外，仍然有其他的诗人形态——他们可能写得很少，但他们活得很深；他们的生命主要投身于别的活动或行动，只是偶尔写一些诗，但这些诗同样值得珍视。"工作伦理"作为诗人的自律原则是很好的，但它不能成为评判一切诗人和诗歌的标准。

在一个更广阔的视野中，生活固然包含着日常维度，但同样也包含非日常和反日常的维度，不能用"日常生活"这个子概念来涵盖"生命"或"生活"。生活从来都不只是日常生活，在重复性的日常实践之外，还有模仿性的实践和创新性的实践，还有神话冲动、朝向宇宙的想象和思辨，还有无人称的事件和被技术所打开的虚拟世界——这一切都属于生活，它们都需要得到诗歌的处理。今天的诗学需要建立在对生命和诗的更深刻、更完整的理解之上。这样才能打开通向未来的路径。今天的诗歌写作也需要容纳更深刻、更完整的生命现实：在日常性与非日常性之间建立起一种相互嵌合、交错、缠绕和对话性的关联，通过引入事件、神话、思辨、虚拟等视域或维度，来展示生活的整全形态。

四

"日常生活诗学"的根本问题是放弃了（或者说弱化了）诗与更广大深邃的

---

[1] ［法］亨利·列斐伏尔：《日常生活批判》第 2 卷《日常生活社会学基础》，叶齐茂、倪晓晖译，社会科学文献出版社，2018 年版，第 301-302 页、第 542 页。

"场域"之间的关联。即使是在书写日常生活中的神性或超验性的诗作中，超验在被纳入到写作之中时其力量也被完全削弱了，只是一种"超验的残骸或痕迹"。这是由于，日常生活书写在根本上是一种经验主义的写作（即便在它暗示或指向超验之物时也是如此），它以个人主体的直观经验或感受为阈限和过滤原则，所有超越了个体经验之限度的东西都无法进入这种写作之中。这种书写由于预先排除了具有超强力量的重要事件或命运的降临（将其直接等同于不可信的"宏大叙事"），而无法真正涉及"作为超验的超验"（它在非日常的"异象"中出现，而不是在日常经验中显现）。

日常生活诗学固执于生命的有限性（"此时此地""现在"和"附近"），却无知于生命的无限性。在现代个人主义、世俗主义和一种完全科学主义的视野中，生命才只是有限的；凡是具有与此不同的视野和经验的人，都深知生命同时是无限的，我们的生命在某种意义上与整个宇宙相连，在事件之力的作用中与历史相连，在无尽的生成中与他者相连。我们不需要以古典的宗教经验为依据来肯定生命的无限性——站在唯物论的立场之上，我们也能够认定：生命（它远远超出"个体"）即是无限的生成和无限的连接。

今天的思想不能再满足于有限性，而是必须重新回到无限性——尽管这里的无限性并非柏拉图、基督教神学、黑格尔哲学中的无限性，而处在巴迪欧、列维纳斯和德勒兹这三位不同思想家学说之间的某个中间位置。

批判日常生活诗学，就是要从一种"有限诗学"走向"无限诗学"。这一诗学的目的，是在每个人都已被技术、权力和资本撕成碎片的当代世界中，恢复生命的完整性和诗的完整性。

（选自《奥港澳大湾区文学评论》，2023 年第 6 期）

211 •

《徽州印象4》

闫志伟 绘

中国诗歌网诗选

杨家溪笔记

/ 韩少君

又过了十多年，不，已有
二十年了，我第三次来到
杨家溪，暮秋青峰，火柿遗枝
响水泻于绝壁，苍苔复苍苔
枯菊半掩门扉，石牌街上
卷闸门哗哗掀卷，困倦的
生意人，就要开启苍茫的夜市
我在半山腰，扶住一棵
低垂的棠棣树，越过炮台
遗址和纪念碑汉白玉尖顶
昔日裸泳者，能清晰看见
长江对岸，橘红的灯塔
无意间，发现一块创可贴
躺在脚边深黑的腐叶上
谁撕下的？印有新鲜血迹
我停下来，多看了一眼

在内乡听宛梆

/ 张进步

那就开始吧，用嗓音
建筑一个虚无的世界
再用虚无敲打你的耳膜

宛梆：虚构的世界
和我的诗一样，是诗
不是歌，也不是诗歌

不需要唱腔，只需要
一朵嫁接在现实枝干
上面的月季花

开得像一颗拳头
迎面打在我的鼻子上
让我泪流满面

像猛汉细嗅蔷薇
我闻到一根古老枝干上
新鲜的月季香味

我接收到了这种信号
在虚无中建立秩序
在现实的碎片中

完全不需考虑现实
当我开始写作，我的文字
和现实之间已经拉开

三万英尺的距离
我在云层之上建起乌托邦
那就是云上音：一种完美的表达

斑　驳
／漆宇勤

这两年，在早上七点的高速公路上
我先后辨识出野兔、野猫、山鼠和蝮蛇
辨识出山麂野鹿雉鸡和更多无法命名的血肉
它们以平摊的形态被我的车轮绕过

我不曾见过这些野兽山禽的家人
不曾见过它们漏夜穿行于新修的高速
昨夜车轮滚动在山岭与山岭间的峰谷之桥
定有心虚的刹车怜悯的叹息与脱口咒骂共存

春天的夜晚遵循繁衍密码，春情难耐
夏天的夜晚气温适宜夜行，万物活跃
秋天的夜晚抓紧猎采收藏，惜时劳作
冬天的夜晚苦熬山风觅食，行动迟缓

我曾见过踩着薄冰涉水踩着孤木攀高的人
他们都有放之四海的苦衷
现在我停不下车来为一堆褐色的肉身致奠
清晨的高速半途对着副驾驶如同对着自己辩解

——接下来这肉身越来越小越来越薄
傍晚返程时道路中间剩下凌乱的皮毛
两天过后，只有山风吹过路面上深色的瘢痕
——我在一条高速公路上辨识出遍地的斑驳

太阳照好人
/ 吕达

那些找到了自己的人站在阳光下
世界是他们的，当他们拨动琴弦唱出心中的梦
或者抢起锄头翻开土块
春天的花颤动
秋天的田野有烧秸秆的烟味
旋律在一代代人心里流淌
然后是冬雪，那些鸟儿去了更南的地方
花早已在门外凋零
那些树仍然可以做自己

旷野跑马的牧人在油灯下喝茶

云在夜空继续赶路

但没人再关心这件事

太阳在地球的另一边

继续照耀那些勇敢的人

林　间
/ 素心

听不到鸟鸣，秋天的树林

只有斑驳陆离的光影

多像寂静的琴弦无声地弹奏

苔藓聚集于松树之下

小草羸弱的身体一直保持嫩绿

它身在林间，不知今夕何夕

我沿着单薄的小径独行

学校的钟声洗涤身体里的秋

桦树半黄的残叶

失了容颜的文冠果和繁花

都散发着凉薄的气息

溪水流过我的肌肤，渗透到骨骼

岸边的植物被光阴俘虏

我反复倾听树林里

风的呼吸。它绵长而古老的韵律

在城市虚假的旷野里游弋

牵手记
/ 塅东塘西

春天每一株植物都是草药。凭借去年

身体里的药效

我紧随你，走在小径上

脚踩泥土抑或草木，已不再较真
——现在很少抬头，看树梢与天空

河塘边一棵落单的枯树
无意流逝的河水，翻动自己的倒影

绿色的水草积攒了一年的耐心
一丛丛慢慢钻出水面
把枯萎的浪花再次托出
松动的水面

我冲你背影喊了一声
快步撵去——
我不能独自沉没在春天里

接 受
／ 冀希

接受蒿子、苍耳和母亲
争抢一个土堆。接受从野地
回来的父亲，背着夕阳

接受秋霜又消融一寸
脸上江山。接受融化过的人
渐渐波澜不惊

接受跌倒时的哭喊
接受一棵树的成长
和离开，似乎只是一眨眼

牧羊人拉布

/ 华秀明

一群羊，钻进了灌木丛
看上去，一群羊被灌木化整为零
过一会儿
那群羊钻出灌木丛，依旧是一群羊
连羊毛也没少一根
它们向山边飘去。峰回路转，羊群不见了
牧羊人也不见了

仿佛天空水草丰美
牧羊人把一片云，赶进了天空
一天之中，天空飘过了
很多的云
谁也不知道，牧羊人和他的羊群
是哪一片云

傍晚时分，牧羊人又把一片云
还原成了一群羊
穿过那片灌木丛
把它们赶回古老的村庄
人间的烟火
这就是一年四季，从日出到日落
在横断山系中
一座叫塔尔波仁山的南面
一个种植花椒、燕麦和苦荞的小村庄
一个叫拉布的
牧羊人，每天都在干的事情

周末絮语

/ 苏慨

油烟与雾气弥迹在生活的选本里，
一种重构的熟成之技已在青年时被滥用。
又在黄昏中许愿，生命晚熟的部分
恰如小沼中的水，盛着一片朦胧的故乡。
秋天固有寒意，我们没有抵消的准备，
就像尘埃可以成为某类注脚，或者
古老的言外之意。归于感伤
以及惯常孤独的精神，我们又得爱
窗外的小虫和落叶了。甚至，
再远赴千里爬一座山
以表征自己炽热的心里，
还没有被完全萧瑟。而在我的出租屋，
水果仍旧新鲜，此刻的幸福胜过从前和未来，
我也听麻雀的嘈杂，想爱过和不爱的人，
然后暮色彻底消失，我低下头，再次苦吟。

酒　杯

/ 张媛

被一座桥端着。
喝酒的人
倒挂在水里。

他们路过时
喝酒杯里的太阳
月亮、星星。喝
阴郁的云朵、忧伤的雨。

夜幕降临时他们
回到空中的居所，眼睛
伸到窗外，端起桥上
盛满夜色的酒杯
一口闷下去。

你也可以把它看作
一只喇叭。每天
对着天神，替过桥的人
喊出幸福和痛苦。如果

你把它看作一只酒杯
路过时，就对它说
干杯。为了活着。

《荷之二》

闫志伟　绘

一次分神，于直觉与逻辑的临界处

——2023 年冬季诗坛观察

／ 钱文亮　黄艺兰

引言

随着 1976 年雷蒙·威廉斯《关键词》一书的问世，"关键词"成为人文领域一种经久不衰的研究范式，其优势在于能够以点带面地勾勒绘制出一幅总体性的地图，使人因此了然那些辽阔的变动。有鉴于此，本文即以"谜语""情书""几何学"和"视觉技术"这四个"关键词"切入，尝试概括本季度诗坛交织着直觉和逻辑的推演与想象，以及诗人如何在一次次"分神"中所跨越的经验边界。

一

从某种意义上来说，阅读诗歌和猜谜游戏之间有着相似性。荷兰学者赫伊津哈就曾一语中的地指出过诗歌和谜语之间古老的同源关系："作为一种竞争形式，古代诗歌和古代谜语难以在表面上加以区别。"诗歌和谜语一样，都受到同一套游戏规则的支配，只有懂得这套语言符码的"圈内人"才可加入阅读游戏。本季度的不少诗人就在创作中涉及了这一主题，在"猜谜"与"解谜"的"编码—解码"过程中恣意游戏，而读者们也从各自的逻辑与前理解出发，在猜谜游戏中参与进了二次创作的过程。

郭平的《观音》就是一首颇具代表性的"谜语诗"。此诗虽然是一首精炼的短诗，但是却充满令人费解的疑团。诗人在开头就抛出"什么声音"这一问题，接着不断催促读者用眼睛去"看"那到底是什么"声音"。读者一开始可能会想不通，声音为什么要用"观看"去感知？但是只要读者再回头注意诗歌题目中"观音"

二字，便会恍然大悟谜底原来就藏在这里。作者通过对谐音梗的运用，即原本指称佛教中的一种菩萨的"观音"二字与"观看声音"谐音，在增加解题趣味的同时，也使诗歌带上了一丝"不可解"的禅意。如果说郭平是借用佛教用语编织了一个有趣的谜语，那么胡了了的组诗《无量梦》则是将佛教典故与日常书写融于一体，让诗本身带上一种谜语的气质。诗人随处设置穿插的富于宗教意味的"意象"给整首诗带来了一种特殊的意境和趣味，而这首诗所运用的语言则是一种佛教禅机式的语言。所谓禅机妙语，即通过含有机要秘诀的言辞、动作或事物暗示教义，使人得以触机领悟。这组诗以一种迷雾重重的方式展开叙述：虽然处理的是风暴，实际指称的却是轮回；处理的是暴雨，实际指称的是心象；处理的是莫测的天气，实际指称的是普遍的生命状态及其内涵。而诗歌的核心用词"无量"作为一个宗教用语，指的是没有限制和止境的境界。因此这首诗本身就可以视为一种"谜"的高度聚集，为的是让日常生活恢复其神秘的形式。陈于晓的散文组诗《帽子的流年》则采取了史学界流行的微观物质史的视角，以"帽子"这一看似简单的日常生活中的寻常物为故事主角，讲述了魔术师帽子的戏法、隐喻和秘密，不同帽子的表情和语言，以及以帽子为主角的童话故事，等等，呈现出一种变化不定而又充满童心的万花筒式的审美趣味，调皮诙谐的诗人形象在诗行后隐然若现。

　　当然，诗人本身其实就是世界上最复杂的谜语之一。晓岸的组诗《从一场雪中出发》以冬季的松湖风景为描写的核心，通过细腻的笔调逐层深入自然景物的深处，发现自然界竟然有"那么多陌生的事物滋生其中"。而更令诗人惊奇的是，"我有人类的缺陷／我有这个世界不能接受的秘密"。诗人在发现了自然界的诸多未知奥秘之后，反而选择转向自身，在承认了人类脆弱前提的同时，说出人最特殊的地方正在于"我有这个世界不能接受的秘密"。如此感悟让人不禁联想到当代美国哲学学者马克·泰勒对于人之本体与秘密之间关系的描述："人，对于其他人来说，总是神秘的，就算是对自己来说，也是神秘的。偷窃一个人的秘密，就是剥夺了他使之为人的东西。"米绿意组诗《雨中的回旋》即是一首关于个人秘密的组诗，具有一种整体性的谜语的氛围，其整体架构有如一部回环往复的乐章，容纳了音乐、梦境、个人创作，以及对自我声音的持续追寻等诸多弥散性的主题。诗歌的内在呼吸是音乐性的、富有节奏的，而诗人感受事物的方式则是整体性的、富有哲学精神的，与巴什拉所谓前科学精神相联系，从而构成某种私人情绪的谜语，向我们展示了问题本身的复杂与丰盈。至于谜面，用诗人自己的话来说，是"所有感受到的／而非看到的，如同她／远远超过了理解"（《听尼尔斯·彼得·莫尔维尔演奏小号》）。在拉康眼里，女性本身就是一片难解的"黑暗大陆"，因此除了诗人以外，女性本身也往往意味着一种难解的神秘。青年诗人黄仙进的《历史老师》记录了一次在历史课上的"出神体验"。当历史老师在给同学解析着龟甲上附着的古老的周易卦时，诗人却进入了分神状态，他所欲探索的是另一种有关女性身体的秘密。诗人投向女老师的目光与其说是情欲的凝视，不如说是在追溯某种远古的母性，使得一种人类学意义上的女性身体，在诗中作为一种文化隐喻载体得以被建立起来。

　　当然，也有诗人已经厌倦了这个谜影重重的世界，拒绝再加入任何有关猜谜的游戏，桑克即为一例。他的《街头历史》一诗用最朴素的语言描述街上歇业又开业的商场和树叶哗哗响动的声音，诗人注意到了日常生活中的一切异质性事物，一切诱人去解读、猜测的谜语的表征，但是他已经拒绝对此去做过度的解读和阐释，仅仅只是因为"原因天知地知"。在另一首名为《你们的骗术》的诗中，诗人传递出了相似的厌倦情绪，即在见识过太多的骗术以后，诗人选择"明明知道却不拆穿"——这也是一种人生态度的宣告。换言之，缺少谜面的谜语不断激发人们猜谜的多巴胺，诗人想要做的却是抵御这种诱惑。沉河在其组诗《必然》中坦言，"我旁观自己，已成常态"，只因"这不是机巧的分身术／这是自然的安排"。正如诗人自己在诗歌随笔中自述的那样，其写作态度乃是"写诗要有本心、匠心，而不要有机心"，同样既是在说诗歌，也是在说人生。鲍德里亚在论"诱惑"一词时指出，后现代话语往往在否定一切中吸收某种虚无性的秘密，并将这种内里实际上空无一物的秘密作为引诱世人的魅力所在。诗人津渡看穿此点，反问："在这更古老、更新奇，更繁荣，也更萧条的时代／还有什么隐秘可言？"（《山》）津渡在本季度的诗中，放弃了以往所著称的那种精巧的特质，或者说是化精巧为圆融，呈现出纵心漫游于山川河海，而不惶惑的开阔心象。拒绝猜谜，是因为诗人本身就是谜语的制造者，他们知道恰恰是未知的那一部分散发出巨大的诱惑力。如果我想要占有或是试图去认识生命最终所揭示的未知、世界如其所是的未知，那么未知反而会躲闪开。因此，面对纷繁复杂的谜面，就像诗人尘轩的诗句所说的那样，"我没有答案，但问号堆成一座座沙丘"（《无限的可能》）。其中奥秘又或者如雅北的诗句所泄露的那样，正是"秘密构成了我们的未来"（《恒星》）。这谶语般的字谜正道破了秘密、谜语与生命三者之间的联系。

二

　　长久以来，"情书"都是一种因其私密性和难以解读性而作为"副文本"存在的文类，但"情书"天然的私密性和私语特质，要求诗人不断回到自己内心和记忆的深处。这也是诗歌内部不可违抗的一道自然律令。加之近来情感研究勃兴的趋势，本季度不少诗人选择通过对"情书"这一文体，乃至语体的戏仿或是话题的涉及，构建起一个有情的现代诗歌主体与诗歌世界。

瑞箫的《脸书》一诗虽然简短，却营造了多重的时空虫洞，展现了"过去"与"未来"的辩证法。诗的第一小节，说的是诗人正在酣睡的时候，一个神秘的声音出现了，提醒她一定要保存好某种东西。在诗的第二小节，诗人已经起身走向未来，却发现她在迎接更加广阔的天地的同时，失去了她写给过去的"一封窄小的情书"。在这首诗里，"情书"似乎隐喻着某种柔软、稚气和真诚的特质，启示了一个更为本真的精神世界。但具体代表着什么，诗人并没有急切地给出答案，而是让这封"情书"保留了自身的神秘。刘洁岷的《和李商隐，百只蝴蝶》一诗，其对话对象乃是中国古典诗歌史上一封著名的"情书"，即李商隐的《无题》。诗中对于意象和色彩的运用颇得义山真传，如"衰败植物上栖息一百只蝴蝶""从靛蓝的蓬莱山飞来一只青色的鸽子"等句子，看似松散的语句中却带有一种偶发的紧张感，读来有奇异的美感。雅北的《一封私信》讲述了一件十分简单的事，即在一个温暖而干燥的家庭空间内，诗人的父母向她分享一封过去相识的老人寄来的私信。当信件被展开时，"被记起的老人，逐渐软化成植物／而古埃及人的脸没入了绿洲，一块凹面的木板上／灯光显出柔弱"。这段文字的想象奇异新颖，诗人并没有按照传统的套式去如实描绘老人与家人之间的回忆与交往，而是用"古埃及"和"绿洲"等词语构造出一种对异域他方的想象，由此为阅读信件这一事件涂抹上了奇异的陌生化色彩。诗人紧接着在诗歌末尾又将整体情境拉回本土，"几里外的乡村／雨安静地落下"，由此更加凸显出"私信"的异域感和神秘感，诗人也成功地完成了一种朦胧氛围感的塑造。美国华裔人文地理学家段义孚提出"恋地情结"，将地方与环境作为情感事件的载体。向来以情诗著称的诗人雁西，在其新组诗《与万物一起心跳》中，再次以爱的语言和爱的方式来结构他的诗歌。无论是《汝瓷情书》，还是《爱琴岛》对爱神的描绘，其文字的呼吸和生命，乃至呻吟，都勾起一种特殊的情欲。正如诗人自己所说的那样，"掩埋的文字在喘气／跳动，流淌，歌吟，世界的心在跳"。诗人在其诗歌随笔《在大地上写首情诗》中引述屈原、李白、苏东坡三人寄情山水的写作态度，由此可见他所说的"情"不一定仅仅指爱情，更多指向的是古典诗论中的"有情论"。此外还有林雪的《仿情爱笔记》一诗，同样是以情书的方式书写情感波动。

"情书"不仅是一种文体，也可以代表一种特殊的语体，本季度某些诗歌就带有一种罗兰·巴特式"恋人絮语"的氛围。巴特以"絮语"一词描述热恋中的情人那种处于高热状态的语言表达方式：神神叨叨、啰里吧嗦、言不及义、颠三倒四，沉溺在种种细枝末节中，逗引出分岔、蔓延和堆砌。冷冰川的组诗《石榴蜘蛛》就带有一种冷凝、缤纷而又难解的幽暗氛围，这不仅来源于诗中大量破碎的短句短词，或是简单却又奇崛的意象，更是由诗人独有的喃喃自语的姿态所营造出的气氛。因此，诗人对爱情的书写最终变成一种带有疯狂气质的变形了的玄学，"确实我疯了／但那并不容易／我爱无法理解的事物爱无法原谅的事物／那是给火的稻草"。此外还有甄雨纯的组诗《漆黑的瞳仁》，动用了视觉、嗅觉和触觉等多种知觉模式，有一种女性特有的轻盈与柔软。其中《陷阱》一诗将男子的情话、誓约与花瓣、雨水、鱼群等意象编织在一处，写出了夜晚爱欲的喧哗与骚动。其短句、节奏和跳跃，无不顺从于爱欲主体急促的呼吸声，和内容相辅相成。晓岸的散文诗组章《出海纪》由 21 节组成，"大海不适宜触摸"这句略显荒诞的自反句是频繁出现的一个抒情主调，反复闪现穿插于文本之中，营造出一种微妙的错位感与悖论感。诗人善于创建一个属于自己的世界，将海洋与梦境、触觉和情欲、爱情与回忆看成是充斥于他创作之中的元素。此外还有周园园的散文诗《岛上日常》，风格清新，洋溢着对青春的感受以及对爱情的思考，同样令人眼前一亮。

另一部分诗人则以抽象的眼光处理情感经验，试图从中提取出某种普适性的法则或是模型。如伊甸的《星星》将"爱情"作为一种观看的方式，"我们必须像凝视情人一样／久久地盯着你，你梦幻般的光芒／才能像闪电一样击中我们"。诗人既是在描述爱的发生学，也是在提出一种新的内化了的目光。毛子的《情感模型》节制而内敛，试图以一种理性的科学模型为感性经验赋形。诗人抛出的问题是："弹簧天生反抗。它又从适度的压迫中获得了舒适。这是否是婚姻、情感和人性的模型？"随后，诗人从弹簧的形变、材质和物理性能等方面，找到和情感关系中的斥力与引力、疲劳与适应、逃逸与纠缠、厌倦与依赖等特质的对应关系，由此在诗歌各个层次上都形成一种微妙的张力。

"情书"不单纯是一种文体、语体或是眼光，更是一个能够召唤出诗歌主体的符码与律令。在法国当代哲学家阿兰·巴迪欧看来，爱情与主体性构建息息相关，因为一旦"二"的关系被确定起来之后，单独的个人就在这个意义上超脱了自身的有限性，形成一个所谓完满的自身，这种完满具备通往真理的可能。如此过程，正如蓝蓝在《语言是你的疆土》一诗中所描述的那样："你自言自语，向大地喃喃倾诉／不害臊的情话——只有这时／你才拥有明晰的边界、主权和主语：'我爱你'，以及——／'我属于你'。"正是这说出情话的瞬间，成为主体生成的契机。

三

在谜语和情书构成的柔软语调以外，本季度的诗人也并没有放弃对理性和精确的追寻，"几何学"成为本季度诗坛的另一个关键词。几何学作为数学的一个分支，主要研究形状、尺寸、空间和位置等，但与诗学其实也有千丝万缕的联系。英国诗人华兹华斯在其长篇自传体诗歌《序曲》（*The Prelude*）中就曾讲述过一个故事，说的是一名海难受害者被抛到一个无人岛上，手边除了一本欧几里得的《几何原本》外一无所有，因此他通过这本书里一个接一个的证明问题来排遣寂寞，安慰自己。某种意义上来说，几何学和诗歌都是一种探索和表达世界的方式。因此当几何学家通过研究形状和空间，试图了解自然界的规律和结构的时候，诗人也正在通过语言、韵律和形式，表达人类对世界的情感和思考。本季度的一批诗人即以几何学知识为诗歌符码运作的底层逻辑，或是将其作为组织诗歌形式的灵感，为诗坛贡献了一批美学意蕴独特的诗歌。

几何学又常常被认为是宇宙秩序、和谐和美的形式与表现，其英文"Geometry"来源于希腊语，其中"Geo"意为地球，"Metry"意为测量，因此几何的本意是测量大地。飞白的《天鹅》以矢量化的方法将河面上的天鹅这一风景简化为白色色块和阴影色块，而天鹅起飞的那一瞬间，诗人描述其为"瞬时在移动中／保持住一簇刀尖向上的巨大平衡"。如果说飞白的目光专注于大地，那么另一部分诗人则将这种几何学的观看方法运用在了对于天空和宇宙的观察之中。在梦然的《平衡》一诗中，诗人凝视真正的天空和池塘里的天空时，发现二者之间存在"一种等距离的空旷"，而诗人所要追求的是在真实与虚幻之间取得一种微妙的平衡。这种几何学的观察方式提供了一种看穿混乱表象的能力，所强调的是冷静与凝练，以及对生活经验的高度提纯与浓缩。谢君的《秋季四边形》一诗同样运用了这种观察方式。此诗以"夜观星象"一事为主题，借助几何学知识，发现天空中的星星并非散乱无章，而是按某种逻辑有条理地排布着，或构成三角形，或构成正方形，形成了某种本雅明所谓的"星丛"状态，"在巨大、寒冷、混乱的／环境中它们显得特别稳固、闪亮"。诗人所发现的这种美，正来源于几何学知识带来的力量与稳定，及其蕴含的宇宙性的秩序感——也许在无意之中折射了当下——人类对确定性、永恒性的渴望。这种几何学是一种超越感性的形式，能够有效克制怀旧情绪、浪漫主义或是多愁善感，巧妙体现出崇尚理性清晰的观察态度。

几何学的知识同样有助于诗人从生活经验中提炼抽象的哲理，施云的《夹角与圆》即是借助量角器和圆规这两种数学工具讲述他自己的生活哲学。量角器表达的是远和近、大和小、有限和无限之间的辩证法，而圆规这一物象则暗示我们在立定圆心的同时，也要跨得足够远，这样才能扩展生活的圈子。然而，在诗人看来，生活里的哲学永远比几何学的知识更加深奥。思不群的《时间的圆心：谒文徵明墓》同样调用了几何学的力量，却不是为了描述自然律令，而是为了让人物形象从诗中"站立"起来。诗中提到的文徵明是明代苏州地区著名的"吴派"书画家，诗人却将其一生概括为几何图形的锦集：扇形的书生、竹简状的书生、蜡烛状的书生、墨条形的书生、圆锥形的书生、在四条边上行走的书生，最终归结于文徵明的安息之处——一片圆形树林。这令人想到福斯特的圆形人物和扁平人物之说，同时也接通了古老的方与圆的辩证法的地脉。末句这个世界"都齐聚在圆心里，一起推着时间的针脚／发烫地转动"，塑造出了一种极具动态、温度和画面感的时间流逝感，发人省思。

当然，在对几何学的正向实践之外，也有对几何学的反向书写。本季度另一部分诗人对点、线、面这类基础性的书写记号展开了一次深刻的"反动"。从外部角度来看，点与线仅仅是用于终结句子或是强调语句的实用性记号，人们往往会忽略它们作为符号的内在声音。黄世海的《下画线》一诗即注目于我们通常不会注意到的文字下方的下画线，以细致的眼光描述其如何通过或波浪形或直线形的外形，牵引、勾勒着文字与读者的眼神，由此突出一根线的"主体性"。杨予秋的《福楼拜的星期天》则是"再发现"了纸张背后的世界。诗人"穿越"到正在阅读的书籍的纸张背面，抵达了另一个由幻想主宰的世界。受小说家福楼拜的邀请，诗人施施然降落到"纸上迷宫"的"第三万个句号"处，将几何式的标点符号化为有情的存在。敬丹樱的《雪地上的自行车辙》对布满自行车行驶痕迹的雪地展开幻想，将其想象为画在白纸上的铅笔线条，"那几个看似漫不经心的拐弯／填充着一百种想象"。正如现代派艺术家保罗·克利所说的那样，是"一条运动的线条，在空间中自由且没有目的地进行散步"。敬丹樱所勾勒出的是一个没有几何坐标的、充满不确定性的多维空间，而恰恰是这张由不定项的线条画出的地图，为真正的关键事物提供了栖身之所。

四

在现代社会，人是由感官、肉身与技术延展共同构成的生物。美国艺术史家乔纳森·克拉里曾提出过"观察者的技术"这一概念，即通过对不同时期新旧光学仪器的描述，阐明了观察者所经历的视觉经验的变化。在这类器具更新迭代的轨迹背后，实际上是一个更大命题，即人类知觉经验与阐释力的变化。自明代中期开始，种种传入中国的光学器具，如眼镜、放大镜、望远镜、哈哈镜、西洋镜等，形塑了中国人的"新视界"。我们似乎也落入了某种追求看得更远、看得更细、看得更清晰的视觉现代性陷阱中。饶有意味的是，本季度的诗人虽然同样涉及了不少关于视觉技术的命题，但是却一概没有追求视力的强化、聚焦与放大，反而以一种充满质疑的观看态度营造出种种吊诡的观看情境，由此召唤出了一种颇具怀疑精神的新观察者形象。

首先，是通过某种视觉技术来达成高空俯瞰的全景式视角这种技法的运用。这在诗歌史上其实并不少见：美国诗人史蒂文斯在其《观察一只黑鸫的十三种方式》中便设置了一双"黑鸫的眼"来审视世间万物；英国诗人奥登同样喜欢在诗歌中使用鹰隼、乌鸦、飞行员等高空移动视角来观察我们置身于其中的生活，"如鹰或戴头盔的飞行员般将其审视"（《关注》）；张枣则在《大地之歌》一诗中创造了储存着无数张有待冲洗的底片的"鹤之眼"，从高空的角度记录人间。而无人航拍机这项技术的发明使得这种诗歌视角有了新的客体可以显形。乐琦的组诗《眼睛般的原点》以"观看"为诗歌核心，其中《相片》一诗即采取了无人机的高空视角，角度新颖。马克吐舟的《致埃兰迪尔》一诗同样长于此道。但区别在于，如果说其他诗人通常仅仅是将高度定位在群山之巅，那么马克吐舟则直接将视角拉向地球之外，提升至某种超越性的宇宙高度。他所借助的观察器具是哈勃空间望远镜。诗中提到的"WHL0137-LS"即迄今人类所能观测到的最远的恒星，"埃兰迪尔"则是古英语中"晨星"的意思，也是托尔金小说《精灵宝钻》中一个半精灵的名字："托尔金的半精灵，欢呼着荡过黎明之弧／金色的毛发，震裂镜片后荧绿的猫眼"。诗人在诗中陡然插入了这样一个极富超现实主义幻想剧意味的镜头，给诗歌增添了神奇的宇宙性魅力。

程庸的组诗《小碎片史》体现出其一贯的古今中西贯通的视角，其中《南京路上的茶馆》有意将两种文化，或者更具体地来说，将两种视觉模式并置：一方是"被设计图前后推搡"，一方是"吃茶人的视线，自古散淡"——用了一种类似"马赛克拼接技术"的手法将古代茶客和现代风景拼接起来，而同时具有这两种视觉模式的主体则是上海这座城市的漫游者，一个都市奇观的观看者。梁平的《天眼之梦》有着荒诞不经的风格，说的是诗人梦到宇宙里的外星人在观察监控地球人。诗歌语言空间之外，是诗人极度不安地注视着外界，即使没有遭到任何外力的侵袭也感到恐怖的一双眼睛。他为了守卫自己，必须时时刻刻用眼睛监视外界，诗中的眼正是他内心不安的象征。此外，还有石莹的《眼睛是古老的商店》一诗，此诗在外婆的眼睛里考古记忆和时光，有一种"观看"生命的固定姿态。视觉对于生活的重要性，正如本季度诗人刘华所说的那样，"巴别塔一般的电梯，在地下穿行的巨型铁虫／像鱼鳞一样闪亮的玻璃幕墙／都在丰富我的眼睛，生命不就是看见吗？"

本季度另一部分诗人则反其道而行之，以视觉器具削弱视觉，对现代视觉政体来了一场小小的反叛。我们可以借助颇有趣味的一首小诗来开启这个话题。高鹏程的《遮光之灯》一诗先是以新闻报道式的语言风格讲述了一则考古趣闻，说是 1973 年的时候新疆吐鲁番出土了一副奇怪的眼镜，眼镜的青铜镜片上布满了小孔。无独有偶，在我国的西藏、大兴安岭，乃至北极圈都有用动物毛编织成的，或是用动物骨头制成的怪异眼镜。经过考证，原因在于这些地方的光线过于充足，因此被强光压迫的人们选择了因地制宜，制造出各种奇怪的眼镜以遮蔽多余的光线。诗人由是感叹，"生活在一个亮光闪闪的时代，我时常提着一盏隐藏掉光芒的灯，它漆黑的灯芯，仿佛我一个来自小地方的人的审慎、隐秘的胎记"。诗人用他真切的生活体验，即一个"小人物"在"大时代"中生存的体验，牵引着前述的所有科普性质的材料，因此有其动人之处。与此诗有异曲同工之妙的，是方启华的组诗《从王维到维特根斯坦》中的《白头翁》一诗。诗人从窗玻璃隔绝了外界鸟儿的叫声这样一个微小的生活细节入手，联想到自然语言、人类语言与诗歌语言三者之间的巨大鸿沟，及彼此转换的困难性。在诗人笔下，"树脂眼镜片"成为一种造成视觉困境的因素的隐喻："由此我想，天空何尝不是／一只玻璃罩子，抑或是树脂／做的眼镜片，将许多词／隔离在我的眼界之外。"在我们通常的认知中，眼镜的发明极大增加了我们的目力，让我们能够看到之前看不见，或是看清之前看不清楚的事物，但是诗人却敏锐地指出它削弱我们感知力的可能性，一个敏感、警醒的观察者形象随之浮现。张作梗的组诗《取景框》则展示了"空"与"有"的辩证法，"一个扶不稳的取景框里／涌现出了星云图、八卦阵和鞑靼人"，随后却并没有描述取景框内的万千世界，反而笔锋一转，"在裂开的视界中，一块空地跳了出来"。一种绝对的"空"，却拥有巨大的吸力，仿佛是一个"白色的黑洞"，一种通过仪式，不是为了看到什么，而是为了不看到什么。吊诡的是，反而是在脱离视觉活动之后，观看主体的意志被提拔到最强的高度。

视觉技术在提供可能性的同时，也生产出抗拒，部分诗人的创作泄露了对于技术的隐忧和反思。哑铁的《窗户》营造了一种情境，以揭示视觉的有限性。诗歌开头交代了诗人乃是透过"窗户"在观看世界:"窗户紧闭。透过玻璃 / 我仍能感受到世界在发生变化。"透过透明的窗户,一切外界景物都发生了轻微的变形。诗人力图保持某种独立的姿态,最终却又发现自己仍被深深地裹挟于其中,一种无力感扑面而来。李志勇的《背一块玻璃》同样借助某种特殊情境反应视觉困境。诗歌所描述的是一个背着玻璃行走的人,那块玻璃"沉重、透明,又容易破碎",透过这块玻璃"河水可以看见却无法喝到。而远处 / 别人可能会看到你后背上什么也没有"。在短短诗行中,诗人营构出一种"看"与"被看"的吊诡情境。这或许可以视为一种语言和交流的现代困境:看似提高人视觉能力的玻璃材料,却使得现代人如放在相互隔绝而透明的玻璃罩内的原子,仅仅看得见嘴巴和身体的运动,却无法进入对方的内在世界。耿占春的组诗《世界的散文》则采取了一种"关键词"式的写作方式,直截了当地表达了对视觉政体的反思。其中《活着的不朽》一诗思考了镜子、影像和主体性之间的关系。诗人敏锐地观察到技术时代疯狂的复制性,"人们都在被传言、影像、话语复制着"。而"人们生活在政治中心、大城市或中心城市就是生活中复制与传播的中心"。尽管目前学界有学者认为本雅明之"机械可复制"应被译为"技术再生产",但对媒介复制所导致的现代性症候,即对精神世界的忽视,依旧是准确的。此外,冯晏的《"观察者效应"与想象》一诗同样对"观看"本身展开了哲学性省思。在短视频时代,媒介以其碎片化和移动性的特征持续性地嵌入到我们的日常生活之中,而"隐喻犹豫天文望远镜 / 被观测只是认知的需要而并非眼睛"。面对短视频时代带来的视觉转向与时空重构,诗人保持了冷静的担忧。

小结

一首诗始于一次分神。本季度诗坛的创作总体而言沿着直觉与逻辑两条道路展开,但显然又超越了直觉与逻辑的辩证关系。"谜语"与"情书"这两个文化关键词,成为诗人日常生活的诗意补充。诗人们用风格展示意象,把神秘注入意象,使得每一个意象隐含着一个解谜的答案。当一部分诗人在谜语和情感构成的镜像迷宫中徜徉时,另一批诗歌则展示出智性和理性的光芒。本季度的部分诗人通过对几何学知识,以及本雅明所谓的"技术化观视"的实践,找到了各自呈现自我与世界之关系的方式,从而获得了多样化的现代的审美趣味。在罗兰·巴特看来,文本即"织物",文本即"网络"。因此无论是诗人"吐丝结网"的创作过程,还是阅读者提供的任何一种解读和批评,都是这场循环不已的游戏的一部分。这保证着诗歌文本的意义是不断生成着的，而这也构成了冬季诗坛的丰富样貌。

※ 本文资料来源主要为2023年冬季（10—12月）的国内诗歌刊物，包括《诗刊》《星星诗刊》《扬子江诗刊》《诗林》《诗潮》《诗歌月刊》《江南诗》《草堂》，以及综合性文学刊物《人民文学》《十月》《作家》《山花》《作品》等。除作者姓名、诗题，诗作发表刊物与期数不再一一注明。

图书在版编目（CIP）数据

诗收获. 2024 年. 春之卷 / 雷平阳，李少君主编
. -- 武汉：长江文艺出版社，2024.4
ISBN 978-7-5702-3524-7

Ⅰ. ①诗… Ⅱ. ①雷… ②李… Ⅲ. ①诗集－中国－
当代 Ⅳ. ①I227

中国国家版本馆 CIP 数据核字(2024)第 061662 号

策　　划：沉　河
责任编辑：王成晨　　　　　　　　责任校对：毛季慧
封面设计：祁泽娟　　　　　　　　责任印制：邱　莉　　王光兴
封面插图：闫志伟　　　　　　　　内文插图：闫志伟

出版：长江出版传媒 长江文艺出版社
地址：武汉市雄楚大街 268 号　　　邮编：430070
发行：长江文艺出版社
http://www.cjlap.com
印刷：武汉市籍缘印刷厂

开本：710 毫米×1000 毫米　　　1/16　　　印张：15.25
版次：2024 年 4 月第 1 版　　　　2024 年 4 月第 1 次印刷
行数：6552 行

定价：58.00 元